韩东坡/主编

唐诗宋词元曲精编

【第二卷】

辽海出版社

阁 夜

杜 甫

岁暮阴阳催短景①，天涯霜雪霁②寒宵。

五更鼓角声悲壮，三峡星河影动摇。

野哭几家闻战伐③，夷歌数处起渔樵。

卧龙④跃马⑤终黄土，人事音书漫寂寥。

【注释】

①短景：指冬季白昼短。景，日光。

②霁：雨后或雪后转晴。

③"野哭"句：意谓从几家野哭中听到战争的声音。

④卧龙：指诸葛亮，又号卧龙先生。

⑤跃马：指公孙述。述在西汉末年曾经乘乱据蜀，自称
白帝。这里用晋左思《蜀都赋》"公孙跃马而称帝"意。

【鉴赏】

时令已是寒冬，昼短夜长，更使人觉得光阴荏苒，岁月

逼人。我浪迹天涯，在这霜雪方歇、雪光明朗的冬夜，更觉凄凉。才五更天，就听到战鼓雷鸣、号角呜咽，军队已在活动。雨雪初霁，玉宇无尘，天上银河显得格外澄澈，群星参差，映照峡江，星影在湍急的江流中摇曳不定。

人民已经饱受战乱之苦，听说又要打仗，无数人家失声痛哭，哭声响彻四野。夔州偏远，一大清早就传来几处渔人、樵夫唱的少数民族的歌谣。三国诸葛亮和西汉公孙述，不论其贤愚忠逆，不都已成了黄土中的枯骨吗？人事变迁、音书断绝，如今西川军阀连年不息混战，吐蕃也不断侵袭蜀地，天天都有人民死亡，我眼前这点寂寥孤独，又算得了什么呢？

此诗是诗人在大历元年（766）寓居夔州西阁所作。古往今来，贤者愚人、忠臣逆子都难免一死。一人之悲苦，相对于历史长河、天下苍生，也不过是沧海一粟，实在是微不足道。子曰："五十而知天命。"是年杜甫已五十四岁，是应该认命了，其诗中不也有"志士幽人莫怨嗟，古来材大难为用"吗？但是杜甫永远不可能平和，他的悲愤充塞寰宇，无边无际，剪不断，理还乱，欲言已吞声，万物皆成悲，的确和李白的个性、诗风迥然不同。个人的不遇、家庭的离散、国家的多难都让他悲伤痛苦。

咏怀古迹·其一

杜 甫

支离东北风尘①际，漂泊西南天地间。

三峡楼台淹日月，五溪②衣服共云山。

羯胡事主终无赖，词客③哀时且未还。

庾信平生最萧瑟，暮年诗赋动江关④。

【注释】

①风尘：比喻战乱。

②五溪：雄溪、樠溪、酉溪、沅溪、辰溪，在今湘贵两省交界处，古少数民族所居。

③词客：指庾信，也指自己。

④"庾信"二句：庾信，梁朝诗人，字子山，新野（今属河南）人。梁元帝时出使北周，被留，便在北周为官，常怀念故乡，曾作《哀江南赋》以寄其意。这里把安禄山之叛唐比作侯景之叛梁，把自己的乡国之思比作庾信之哀江南。

287

【鉴赏】

　　战乱之初，我流亡在长安的东北一带，后来辗转入蜀，还是居无定所，往来于成都、梓州、云安、夔州之间，漂泊不定。我在三峡的西阁楼台，滞留了不少时日；在湘贵交界地，与五溪的少数民族共处。羯胡人安禄山阴险狡诈、反复无常，就像梁朝的侯景，说归顺天朝，侍奉唐王，终究不可信赖；我常常扰乱伤时，至今仍然流落他乡，欲归不能，恰似当年的庾信。抚今追昔，庾信的一生最为凄凉寂寞，他晚年所作的《哀江南赋》，名震江关。

　　这是五首中的第一首。诗人对庾信的诗赋极为推崇，有诗："清新庾开府""庾信文章老更成"。再者，诗人当时即将前往江陵，与庾信也多有同感，因此，开首咏怀的是庾信。

咏怀古迹·其二

杜 甫

摇落深知宋玉悲，风流儒雅①亦吾师。

怅望千秋一洒泪，萧条异代不同时②。

江山故宅③空文藻，云雨荒台岂梦思④。

最是楚宫俱泯灭，舟人指点到今疑。

【注释】

①风流儒雅：指宋玉的文采学问和气度风范。

②"萧条"句：意谓自己虽与宋玉相隔数代，然而萧条之感却是相同的。

③故宅：相传宋玉有故宅多处，如江陵和归州，这里的故宅指归州。

④"云雨"句：宋玉曾作《高唐赋》，述楚王游高唐（楚台观名），梦见一妇人，自称巫山之女，王因幸之，去而辞曰："妾在巫山之阳，高丘之岨，旦为行云，暮为行雨，朝朝暮暮，阳台之下。"阳台，山名，在四川巫山县。岂梦思，意谓宋玉作《高唐赋》，难道只是说梦，并无讽谏之意？

【鉴赏】

见秋风吹落叶，我深深懂得宋玉悲秋的心境。宋玉风流儒雅，可以做我的老师。我与他尽管生不同时，相隔千秋，却是一样的落寞萧条，这叫人不免潸然泪下。江山依旧，故宅仍存，只有宋玉的文采空留；他描绘的云雨楼台难道只是

289

说梦而无更深层的讽意？最可感慨的是当年楚宫早已不存在，至今船只经过时，船夫还带着疑问的口吻讲述着这些古迹。

草木摇落，景物萧条，江山云雨，故宅荒台，舟人指点，这都是作者亲临实地凭吊后写成，感受颇为真切。诗人对宋玉推崇备至，感慨其生前不遇，身后寂寞。全诗铸词融典，精警切实。有人认为，杜甫之"怀宋玉，所以悼屈原；悼屈原者，所以自悼也"。这种说法自有见地。怀才不遇，见弃江湖，壮志难酬，幽愤填膺，这似乎是千古文人墨客共同的命运感喟，如同抒写爱情，这也成了诗人笔下永恒的主题，也许的确是"古来材大难为用"。

咏怀古迹·其三

杜 甫

群山万壑赴荆门，生长明妃①尚有村。
一去紫台②连朔漠③，独留青冢向黄昏。
画图④省识春风面，环珮空归月夜魂。
千载琵琶作胡语，分明怨恨曲中论⑤。

【注释】

①明妃：即王嫱（王昭君），汉元帝宫人，晋时因避司马昭讳改称明君，后人又称明妃。

②紫台：紫宫，帝王所居之处。

③朔漠：泛指北方沙漠，指匈奴所居之地。

④画图：据《西京杂记》载："元帝后宫既多，不得常见，乃使画工图其形，安图召幸。诸宫人皆赂画工，独王嫱自恃容貌不肯与，工人乃丑图之，遂不得见。后匈奴入朝求美人为阏氏，于是上案图以昭君行。及去，召见，貌为后宫第一。善应对，举止闲雅。帝悔之，而名籍已定，方重信于外国，故不复更人。乃穷案其事，画工皆弃市。"

⑤曲中论：曲中的怨诉。

【鉴赏】

千山万壑，逶迤不断，如涛似浪涌向荆门，明妃生长的山村还在。她离别汉宫，远嫁到北方的荒漠，如今只留下一座青冢在凄凉的黄昏中，孤零零的。汉元帝糊涂，依据画像判人美丑，结果被画工蒙蔽，误了你的花容月貌。可怜一代绝色女子香殒朔漠，只能在月夜里魂归故里。昭君作的胡音琵琶曲千载流传，曲中倾诉的分明是满腔的悲愤。

这是杜甫经过昭君村时所作。昭君国色天香，生于名邦，殁于塞外，去国之怨，难以言表。诗人既同情昭君，也感慨自身。清代沈德潜说："咏昭君，此诗为绝唱。"古代文人惯以绝色昭君下嫁塞外比喻自己才高却见弃江湖，抒发怀才不遇的悲愤。

咏怀古迹·其四

杜　甫

蜀主窥吴幸①三峡，崩年亦在永安宫。

翠华②想像空山里，玉殿虚无野寺中。

古庙杉松巢水鹤，岁时③伏腊④走村翁。

武侯祠屋常邻近，一体君臣⑤祭祀同。

【注释】

①幸：旧称皇帝行踪所至为"幸"。

②翠华：皇帝仪仗中用翠鸟羽毛做装饰的旗帜。

③岁时：一年中的节日。

④伏腊：古代祭名。伏在夏六月，腊在冬十二月。

⑤一体君臣：刘备诸葛亮君臣和睦，视如一体。

【鉴赏】

当年刘备不听诸葛亮劝谏，一意孤行，刚愎自用，为了替关羽报仇，出兵攻打东吴，曾到过三峡，后来兵败，死在白帝城的永安宫。想象中仪仗旌旗仍在空山飘扬，雄伟的宫殿早已荡然无存，在荒山野寺中难寻影踪。古庙的松杉树上水鹤筑巢栖息，荒凉已久。庙祀稀少，只有每年三伏腊月有一两个村翁前来祭祀。诸葛武侯祠庙就在附近，生前君臣一体，死后也共同祭祀。

此诗看似咏怀蜀国先主刘备，其实是表达诗人对刘备和诸葛亮那种君臣鱼水相得的向往之情。但见玉殿虚无，古庙栖鹤，漂泊的诗人对此也感慨无限。据王十朋说，永安宫到了宋代已成为郡仓了，真是世道沧桑。

咏怀古迹·其五

杜 甫

诸葛大名垂宇宙，宗臣①遗像肃清高。
三分割据纡筹策②，万古云霄一羽毛。

伯仲之间③见伊吕④，指挥若定失萧曹⑤。

运移汉祚终难复⑥，志决身歼军务劳。

【注释】

①宗臣：世人所崇尚的重臣。

②纡筹策：曲折周密地施用策略。纡，曲折。

③伯仲之间：伯仲本指兄弟，这里是说不相上下。

④伊吕：商代伊尹，周代吕尚，皆为辅佐贤主的开国名相。

⑤失萧曹：意谓萧何、曹参有所不及。

⑥“运移”句：意谓汉朝气数将尽，虽以诸葛亮的才智也难以复兴。祚，帝位。

【鉴赏】

诸葛亮的英名万古流芳，瞻仰这位重臣的遗像，对他清高的品德肃然起敬。其谋略高明、策划精微，建立了天下三分的局势。千百年来，才能和人品像鸾凤振羽云霄，为后人所景仰。他的才华超绝、功勋卓著，同商代伊尹、周朝吕尚这两位开国名相难分上下；而运筹帷幄，指挥千军万马，从容镇定，汉代名相萧何、曹参怎能与他相提并论。但东汉气数已尽，虽然丞相才智绝伦、鞠躬尽瘁，东汉帝业也实在难以复兴。丞相兴复汉室，北伐逆曹之心虽然坚定不移，却终因军务繁艰，积劳成疾，出师未捷身先死，但其虽死犹生，才智和品行将光照千秋。

诗人进谒武侯祠，追怀诸葛亮，称颂其英才挺出，惋惜其壮志不成。"出师未捷身先死，长使英雄泪满襟。"（《蜀相》）"疾风知劲草，板荡识忠臣"，诸葛一代忠魂，鞠躬尽瘁，死而后已，成为千秋万代读书人的人伦典范，万古景仰。

江州重别薛六柳八二员外

刘长卿

生涯[①]岂料承优诏，世事空知学醉歌。
江上月明胡雁过，淮南木落楚山多。
寄身且喜沧洲[②]近，顾影无如[③]白发何。
今日龙钟人共老，愧君犹遣慎风波。

【注释】

①生涯：指生计。
②沧洲：海滨，也用以指隐士的居处。

③无如：无奈。

【鉴赏】

世事难料，人生无常啊，想不到皇帝如此优待于我，下旨调我去那南蛮之地，我也只知学人家酒醉狂歌。江上明月下，大雁正北归，而我却要南下。举目四望，楚山似乎增多了，只是因为淮南树叶纷纷飘零。此去的贬谪之地离海很近，倒使我感到高兴。顾影自怜，白发丛生，但这也无可奈何。如今我和二位一样，都已老态龙钟。劳驾二位殷情相送，还嘱咐我一路要留心风波，这让我惭愧万分。

全诗虽感叹身世，抒发悲愤，却不敢直陈当权者，内心抑郁，可想而知。

长沙过贾谊宅

刘长卿

三年谪宦此栖迟①，万古惟留楚客②悲。

秋草独寻人去后，寒林空见日斜时③。

汉文有道恩犹薄④，湘水无情吊岂知。

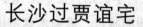

寂寂江山摇落处，怜君何事到天涯。

【注释】

①栖迟：居留。

②楚客：长沙古属楚国。此指贾谊，也包括自己和其他游人。

③"秋草"二句：贾谊在长沙时，有鵩（鸟名，俗称猫头鹰）飞入其居室，贾谊以为不详，于是作了《鵩鸟赋》，文中有"庚子日斜兮，鵩集予舍"和"野鸟入室兮，主人将去"语。此处化用此语，即景写心。

④"汉文"句：汉文帝在历史上有明主之称，但他始终不肯重用贾谊，最后又贬贾谊为梁怀王太傅，梁王坠马死，贾谊因此也抑郁而死。

【鉴赏】

贾谊呀，你是一代英才，遭贬长沙，在此地居留虽只三年，却给了漂泊楚地的游子千百年的哀怨。你已经离去，我独自一人徒然在秋草丛中寻觅你的足迹，旧宅萧条冷落，只见斜阳映照着秋林。汉文帝虽是明主，却始终不肯重用你，皇恩淡薄呀。湘水无情，怎能理解你凭吊屈原的心意？这地方江山寂寞、草木摇落，一片萧条，可怜你为何来到这海角天涯？

此诗是诗人遭贬，路过长沙时所作。刘长卿和贾谊虽生不同时，但相似的遭遇，自然引起作者吊古伤今之情，于是作者借怜贾谊以自怜，明写贾谊被弃，暗喻自身遭贬；写贾谊凭吊屈原时无人会其意，其实是说自己而今凭吊贾谊，也无人明白自己放逐天涯的失意悲愁。语言含蓄哀怨，情感深沉悲凉，令人动容。

赠阙下裴舍人

钱　起

二月黄鹂飞上林，春城紫禁①晓阴阴。
长乐②钟声花外尽，龙池柳色雨中深。
阳和③不散穷途恨，霄汉④常悬捧日心⑤。
献赋十年犹未遇，羞将白发对华簪。

【注释】

①紫禁：此指皇宫。古人以紫微星垣比喻皇帝居处，又因宫中禁卫森严而得名。

②长乐：本是汉代的宫名，此指唐宫。

③阳和：指仲春。

④霄汉：指高空。

⑤捧日心：据《三国志·魏书·程昱传》载，三国时魏程昱年轻时，曾梦到自己上泰山，两手捧日。曹操闻之曰："卿当终为吾腹心。"程昱本名程立，曹操在立上加日为昱。这里指效忠皇帝之心。

【鉴赏】

早春二月，上林苑中黄莺纷飞；春日的紫禁城内，阳光明媚，树荫斑驳。长乐宫的钟声飘浮空中，余音散落在花丛之外；春雨中，龙池旁的翠柳，愈显苍翠碧绿。春日和煦的阳光，也驱不散我穷途落魄的愁绪；仰望苍穹，常怀程昱梦中捧日，报效君王之心。

十多年来，我献赋君王，却依然未得赏识，而今白发苍苍，愧对裴公。

该诗写皇宫御苑的景色，借以烘托裴舍人的身份和地位，虽无一字写裴舍人，却句句恭维。诗人自伤不遇，生不逢时，虽怀有捧日之心，愿为朝廷效劳，可是十年献赋，却不遇知音，请求裴舍人援引之意已十分明朗。

寄李儋^①元锡

韦应物

去年花里逢君别，今日花开又一年。
世事茫茫难自料，春愁黯黯^②独成眠。
身多疾病思田里，邑^③有流亡愧俸钱。
闻道欲来相问讯^④，西楼望月几回圆。

【注释】

①李儋：武威（今甘肃）人，字符锡，曾官居殿中侍御史。

②黯黯：心神暗淡的样子。

③邑：指诗人治理的地方。

④问讯：这里是探望的意思。

【鉴赏】

去年适逢花开时节，我与君分别，今日春花又开，不觉已经过去了整整一年。人间世事茫茫，难以预料。我黯然神伤，夜里独自成眠。身体多病，越发想辞官归田，可是我治理的地方还有灾民，我真愧对国家的俸禄。听说你要前来探访我这个老朽，我就天天期盼，盼到西楼的月圆了又缺，缺了又圆，还不见你来。

这是一首投赠诗。首联两句自然朴素，花开花落，引起对茫茫世事的感喟。该诗不仅表达了诗人对友人的思念，而且表达对民生疾苦的关怀，"身多疾病思田里，邑有流亡愧俸钱"和他的"自惭居处崇，未睹斯民康"用意一样，凸显出一位正直、善良的封建官员的高尚灵魂。

同题仙游观①

韩 翃

仙台初见五城楼，风物凄凄宿雨②收。
山色遥连秦树晚，砧声近报汉宫秋。
疏松影落空坛静，细草香生小洞幽。
何用别寻方外去，人间亦自有丹丘③。

【注释】

①仙游观：道士潘师正隐居在嵩山逍遥谷。唐高宗在逍遥谷造仙游门，后改为仙游观。

②宿雨：下了一夜的雨。

③丹丘：指神仙居处，昼夜长明。

【鉴赏】

我第一次来到仙游观，正值一夜的秋雨过后。风物凄清，远望观外，雾霭中，山色与秦地的树影遥遥相连，捣衣的砧声似乎在述说汉宫已经深秋。

疏疏落落的青松投下斑驳的树影，更显道观的清静；小草幽香扑鼻，更显山洞的幽深。

远离尘嚣，何须去寻找世外桃源，人世间不也有这样的仙境吗？

此诗是一首游览题咏之作，写道士的楼观。全诗语言工美秀丽，音调婉转和谐，但内容却空泛而无多大深意，只可吟咏，不可玩味。

春 思

皇甫冉

莺啼燕语报新年，马邑龙堆^①路几千？
家住层城临汉苑，心随明月到胡天。
机中锦字论长恨^②，楼上花枝笑独眠。
为问元戎窦车骑，何时返旆勒燕然^③？

【注释】

①马邑龙堆：泛指边地。马邑，今山西朔州市，汉时曾
与匈奴争夺此城。龙堆，即白龙堆，在今新疆，地接玉门
关，属于沙漠地带，古为交通要道。

②"机中"句：据《晋书》载，窦滔为苻坚秦州刺史，
后谪流沙，其妻苏蕙能文，颇思滔，乃织锦为回文诗寄之。
共八百四十字，循环宛转以读之，词甚凄切。

③"为问"二句：后汉窦宪为车骑将军，大破匈奴，
遂登燕然山，命班固作铭，刻石而还。返旆，班师回朝。
旆，代指旌旗。

【鉴赏】

　　黄莺鸣唱，燕子呢喃，又是大地回春，不知那塞外的马邑、龙堆离京城究竟有几千里。我的家在京都，邻近汉宫花园，我的心却常随明月飞到边陲的胡天去找寻我的丈夫。我在锦织的回文诗中，倾诉了别离的愁怨，连楼上的花枝都取笑我一人独守空房。请问主帅窦将军，何时才能班师回朝？此诗借闺妇写春怨，盼望着早日了结战事，丈夫能回来和自己团圆，流露出诗人的反战情绪，借汉咏唐，讽刺朝廷穷兵黩武。

　　"楼上花枝笑独眠"，闺中少妇不明说自己独守空闺的寂寞，而是说连窗前的花枝都在笑她独眠，辜负了香衾。力能扛鼎的壮士，可别为了谋求封侯，贪恋战功，冷落了美人心，还是快快把家还吧！

晚次鄂州

卢 纶

云开远见汉阳城，犹是孤帆一日程。

估客^①昼眠知浪静，舟人夜语觉潮生。

三湘^②愁鬓逢秋色，万里归心对月明。

旧业已随征战尽，更堪江上鼓鼙^③声。

【注释】

①估客：商人。

②三湘：漓湘、潇湘、蒸湘的总称，在今湖南境内。

③鼓鼙：本指军中所用大鼓与小鼓，代指战事。鼙，古代军中的一种小鼓。

【鉴赏】

云开雾散，远远地就可以望见汉阳城。不过，估计这孤舟还要有一天的行程。商贾们惯于在江湖上行走，知道白日风平浪静，于是酣然入睡；半夜听到船夫呼喊，人声嘈杂，才发觉在夜里水涨潮生。我已鬓发衰白，就像那三湘的秋色。

故乡远在万里之外，我一片归心只能对月悲叹。我的家业早已毁于战火，荡然无存，现今兵荒马乱，我已无家可归，心中本已悲凉，哪还能忍受又听到江上军鼓之声？

安史之乱时，诗人曾做客鄱阳，南行军中，路过三湘，停泊在鄂州，而写了这首即景抒怀的诗。这首诗截取漂泊生活中的片段，却反映了广阔的社会背景。

诗中流露出厌战、伤老、思归之情。全诗淡雅而含蓄，平易而炽热，字里行间充满了离乱漂泊之苦。

登柳州城楼寄漳汀封连四州刺史

柳宗元

城上高楼接大荒，海天愁思正茫茫。
惊风乱飐①芙蓉水，密雨斜侵薜荔②墙。
岭树重遮千里目，江流曲似九回肠③。
共来百越④文身⑤地，犹自音书滞一乡。

【注释】

①飐：吹动。

②薜荔：一种蔓生植物，也称木莲。

③九回肠：意即愁肠百结。司马迁《报任安书》："肠一日而九回。"

④百越：指当时五岭以南各少数民族地区。

⑤文身：古代南方少数民族有在身上刺花纹的风俗。

【鉴赏】

　　登上城头的高楼，远望旷野荒原，我的忧愁就像茫茫的海天，无限宽广。急风将荷花池水掀起层层细浪；骤雨阵阵斜洒在爬满薜荔的墙上。岭上树木重重，遮住了我远望的视线，弯弯曲曲的柳江，恰似我九曲愁肠。咱们五人同时被贬谪到这百越之地，而今依然音信不通，各自滞留一方。

　　柳宗元与韩泰、韩晔、陈谏、刘禹锡都因参加王叔文领导的永贞革新运动而遭贬。宪宗元和十年（815），五人都被召回，大臣中虽有人主张起用他们，终因有人梗阻，再度贬为边州刺史。这首诗就是这时所作。他们际遇相同，休戚相关，诗中表现出了一种真挚的友谊。

西塞山怀古

刘禹锡

王濬楼船下益州，金陵王气黯然收。
千寻①铁锁沉江底，一片降幡②出石头。

人世几回伤往事，山形依旧枕寒流。

从今四海为家^③日，故垒^④萧萧芦荻秋。

【注释】

①千寻：古时八尺为一寻，这里只是形容其长。

②降幡：降旗。幡，长条形旗子。

③四海为家：意即天下统一。

④故垒：指西塞山，也包括六朝以来的战争遗迹。

【鉴赏】

西晋大将王濬率领战舰从益州顺流而下，直逼金陵。显赫一时的金陵帝王之气骤然失色。吴国用来阻挡来犯战舰的千寻铁链也被熊熊的大火烧沉江底，一片投降的白旗悬挂在金陵城头，宣告东吴的灭亡。朝代兴亡，人世盛衰，只能让后世徒然感叹。青山依旧，江河依然奔流向东，一去不复还。且看今朝，四海一家，天下一统，昔日的营垒早已变成了一片废墟，长满了芦荻，在秋风秋雨中飘摇。

本诗是唐穆宗长庆四年（824）刘禹锡由夔州调赴和州的途中所作，怀古抚今，抒发了山河依旧、人事不同的感慨，也揭示了世代兴亡非人的意志所能控制的道理，蕴含了深刻的哲理。

世上多少兴废事，尽入渔樵笑谈中。世代兴亡，群雄逐鹿，无非是在沙滩上修筑城堡，都将付诸流水，只有那"槛外长江空自流"（王勃《滕王阁序》）。

遣悲怀·其一

元 稹

谢公最小偏怜女^①，自嫁黔娄^②百事乖^③。
顾我无衣搜荩箧^④，泥^⑤他沽酒拔金钗。
野蔬充膳甘长藿^⑥，落叶添薪仰古槐。
今日俸钱过十万，与君营奠复营斋^⑦。

【注释】

①"谢公"句：东晋宰相谢安，最爱其侄女谢道韫。元稹此借谢道韫喻亡妻韦丛，韦丛的父亲韦夏卿官至太子少保，死后赠左仆射，也是宰相之位，韦丛为其幼女，故以谢道韫比之。

②黔娄：春秋时齐国贫士，其妻也颇贤明。诗人幼孤贫，故以自喻。

③乖：不顺。

④苨箧：草编的箱子。

⑤泥：纠缠，软磨。

⑥藿：豆叶。

⑦斋：此指延请僧人为亡妻超度。

【鉴赏】

　　贤妻呀！你聪慧贤明，自幼深受父亲的偏爱，可自从嫁给了我这穷书生，就百事不顺。你见我没有换洗的衣裳，就翻箱倒柜，到处寻找。我有时还缠着你拔下头上的金钗，卖了给我买酒。

　　元稹原配妻子韦丛为当时朝廷显贵韦夏卿之幼女，唐贞元十九年（803）嫁给元稹，七年后即唐元和四年（809）秋去世，这组诗即是为悼念亡妻韦丛而作。

遣悲怀·其二

元　稹

昔日戏言身后意，今朝都到眼前来。

衣裳已施行看尽①，针线犹存未忍开。

尚②想旧情怜婢仆，也曾因梦送钱财。

诚知此恨人人有，贫贱夫妻百事哀。

【注释】

①行看尽：眼看不多了。

②尚：还，仍然。

【鉴赏】

记得当年咱俩开玩笑时，讲起身后的事，如今却都展现在眼前。想起你我夫妻的恩情，对你生前的婢仆，我更加怜爱；也曾因梦见你，就去为你施舍财物。谁都知道，夫妻永别人人都会悲痛，但咱是贫贱夫妻，更觉事事悲哀。

遣悲怀·其三

元 稹

闲坐悲君亦自悲，百年都是几多时。

邓攸无子寻知命①，潘岳悼亡犹费词。

同穴②窅冥何所望，他生缘会更难期。

唯将终夜长开眼③，报答平生未展眉。

【注释】

①“邓攸”句：晋邓攸，字伯道，官河东太守。石勒作乱，邓攸带子、侄一同逃难。因不能两全，便丢掉儿子，保全侄子，后终无子，时人乃有“天道无知，使伯道无儿”语。寻知命，即将到知命之年。作者于五十岁时，始由继室裴氏生一子，名道护。

②同穴：指夫妻合葬。

③开眼：传说鳏鱼眼睛终夜不闭，故无妻者称鳏夫。又因鱼的眼从不闭上，比喻愁思不眠的人，如宋陆游《晚登望云》：衰如蠹叶秋先觉，愁似鳏鱼夜不眠。

【鉴赏】

独自闲坐时，我常悲悼爱妻，也悲叹自己。人寿有限，纵使百年，仍然忽如一梦。邓攸义薄云天，却终身无子，这也许是命运的安排。潘岳悼诗写得再好，也是徒然悲吟。即使死后合葬，地府冥冥，也难望哀情相通，幻想来世再结良缘，更是渺茫。我只有终夜睁着双眼，长久地怀念你，以报答你生前的清苦和愁眉未展。

此诗运用典故，抒发无子丧偶之悲，进而以长鳏来报答妻子生前凄苦相聚之恩，聊以自慰，真有“无可奈何花落去"之感。其情痴，其语挚，吟来催人泪下。不过，元稹并没有实践他的诺言，后来还是娶妻生子了。其实，这也不伤元稹对亡妻的真挚感情，即使韦丛九泉有知，也应感到欣慰才是。

锦 瑟

李商隐

锦瑟无端五十弦，一弦一柱①思华年②。
庄生晓梦迷蝴蝶③，望帝春心托杜鹃④。
沧海月明珠有泪，蓝田日暖玉生烟。
此情可待成追忆，只是当时已惘然。

【注释】

①一弦一柱：一音一阶。柱，系弦的支柱，每弦一柱。

②思华年：回忆青少年时代。

③"庄生"句：意谓旷达如庄生，尚为晓梦所迷。据《庄子·齐物论》记载，一次庄子梦见自己化为蝴蝶，觉得自己就真是蝴蝶了，便不知自己是庄子。不久梦醒来，又觉

得自己是庄子，而不是蝴蝶。这下庄子就迷惑了，到底是自己梦见了蝴蝶，还是蝴蝶梦见了自己？

④ "望帝"句：望帝相传为蜀帝杜宇，号望帝，死后其魂化为子规，即杜鹃鸟，其啼声哀切。春心，伤春的情思，指望帝失国的悲痛。

【鉴赏】

锦瑟呀，你为何竟然有五十条弦？弦弦琴音都令我想起往昔的青春年华。我的心就像庄周，为梦蝶所迷惘；又像望帝化为杜鹃，在凄切的悲鸣中寄托伤春的哀怨。唉！往事如烟，壮志未酬，徒然伤怀。沧海明月高照，鲛人落泪成珠；在和暖的阳光下，可见蓝田玉山散发出的袅袅烟霭，恰似我美好的理想已如烟飘散。这种理想破灭的悲伤之情，岂是等到如今回忆起来才有，其实就在当时已经不胜怅惘。

这首诗历来注释不一，莫衷一是，或以为是悼亡之作，或以为是爱国之篇，或以为是自比文才之论。笔者却以为此诗是抒怀之作。诗人作此诗时已年近五旬，而功业无成，自然会激起自己对一生经历的回忆。自己抱负不得施展，往日追求建功立业的壮志已成梦幻，伤感的情怀只有托杜鹃来倾诉。诗人有明珠、美玉般的才华却怀才见弃，慨叹一生的遭遇，怅惘失意。

无　题

李商隐

昨夜星辰昨夜风，画楼①西畔桂堂东。
身无彩凤双飞翼，心有灵犀②一点通。
隔座送钩③春酒暖，分曹射覆④蜡灯红。
嗟余听鼓应官去，走马兰台类转蓬。

【注释】

①画楼：与后文中的"桂堂"都是比喻富贵人家的屋舍。

②灵犀：旧说犀牛有神异，角上有条白纹，从角端直通大脑，感应灵敏，所以称灵犀。这里借喻彼此心意相通。

③送钩：也称藏钩，古代的一种游戏。

④射覆：把东西覆盖在器皿下叫人猜，也是古代的一种游戏。

【鉴赏】

在星光闪烁、春风习习的良宵里，画楼生辉，桂堂飘香，高朋满座，我期待着在宴会上与意中的人儿相会。我虽无彩凤那样的双翅，不能飞到你的身旁，但我们心中却有灵犀一点，息息相通。在宴会上，酒暖灯红，人们做着藏钩和射覆的游戏，满堂欢声笑语。因为不见所期待的意中人，酒宴的欢腾反而引起我的惆怅。当我听到五更鼓响，只得怏怏离去，骑着马到兰台应官事，好像随风飘荡的蓬草。

此诗大约作于会昌二年（842）作者任秘书省正字时。在此之前，诗人过着寄人篱下的幕僚生活，这时任"方阶九品，微俸五斗"的小官，仍然是沉沦下僚，何况在此前后，"同僚""同年"升迁者不乏其人。对此，作者自然感触良多。这首诗可能是在参加同僚、同年庆贺升迁的盛会后，对自己不幸遭遇的感慨。诗人将这种感情通过盼望与所期待的意中人相会而不能如愿的惆怅情怀来表达。不遇情人，即暗指仕途不遇。

隋　宫

李商隐

紫泉①宫殿锁烟霞②，欲取芜城作帝家。

玉玺不缘归日角③，锦帆应是到天涯。

于今腐草无萤火，终古垂杨有暮鸦。

地下若逢陈后主，岂宜重问《后庭花》④！

【注释】

①紫泉：即紫渊。唐人避唐高祖李渊讳改紫泉。这里以紫泉宫殿指长安隋宫。

②锁烟霞：喻冷落。

③日角：旧说以额骨中央部分隆起如日（也指突入左边发际），附会为帝王之相。这里指李渊。

④"地下"二句：陈后主为陈朝国君，为隋所灭。据《隋遗录》记载，炀帝在扬州时，恍惚间曾遇陈后主与其宠妃张丽华。后主以酒相敬，因炀帝请张丽华舞《玉树后庭花》，后主便乘此讥讽炀帝贪图享乐安逸。《玉树后庭花》，乐府吴声歌曲名，陈后主所作新歌，后人看作亡国之音。

【鉴赏】

隋炀帝一味贪图享受，长期外巡游乐，久不在京师，长安宫殿千门闲闭在烟霞之中，隋炀帝甚至想把遥远的扬州作为帝业基地，修造更加繁华的宫苑。

假如不是因为皇帝玉玺落到了有帝王之相的李渊手中，隋炀帝是不会只满足于游扬州的，他的龙舟可能要游遍天下。

　　扬州当年隋炀帝放萤火取乐的地方，如今腐草满地，萤火虫早就绝了踪迹；隋堤上早没有昔日的繁华，杨柳丛中唯有聒噪的归巢乌鸦。

　　隋炀帝残暴荒淫，终致亡国，黄泉之下若再遇陈后主，难道还有心情欣赏那亡国之音《玉树后庭花》？

　　这也是一首咏史吊古诗，作者讽刺隋炀帝的荒淫亡国，旨在借古讽今。

无题·其一

李商隐

来是空言去绝踪，月斜楼上五更钟。

梦为远别啼难唤，书被催成墨未浓。

蜡照半笼①金翡翠，麝②熏微度③绣芙蓉。

刘郎④已恨蓬山远，更隔蓬山⑤一万重。

【注释】

　　①半笼：指烛光隐约，不能将床上被褥都照亮。

②麝：本动物名，即香獐，其体内的分泌物可作香料。这里指香气。

③度：透过。

④刘郎：相传东汉时刘晨、阮肇一同入山采药，遇二女子，邀至家，留半年乃还乡。后也以此典喻"艳遇"。

⑤蓬山：蓬莱山，指仙境。

【鉴赏】

你说来相会原是一句空话，自从与你分别后，就再不见你的踪影。从梦中醒来，又偏逢楼上孤月斜照，钟报五更。因为日夜思念你，梦里也为远别而哭泣，虽然我哭声凄楚，仍然不能将我的郎唤回。醒后，墨汁还没有研浓，就急欲奋笔疾书给你写信。残烛朦朦胧胧地映照着翡翠被；麝香熏透了软软轻轻的芙蓉帐，眼前景依旧，却不见那共度良宵的郎君。想那刘郎，也许早已嫌去蓬山的路途太遥远，而我的住处更在蓬山万重山岭之外。

这是一首艳情诗。诗中女主人思念远别的情郎，有好景不常在之恨。李氏的艳情诗，善于把生活的原料，提炼升华为感情的玉露琼浆，使其超脱尘俗，达到完美。

无题·其二

李商隐

飒飒^①东风细雨来，芙蓉塘外有轻雷。
金蟾啮^②锁烧香入，玉虎^③牵丝汲井回。
贾氏窥帘韩掾^④少，宓妃留枕^⑤魏王才。
春心莫共花争发，一寸相思一寸灰。

【注释】

①飒飒：风声。

②啮：咬。

③玉虎：井上的辘轳。

④掾：僚属。

⑤留枕：这里指幽会。

【鉴赏】

东风飒飒，蒙蒙细雨随风飘洒，荷花池的那边，隐约传来雷声。香炉纵然有锁啮的金蟾，袅袅的香烟也萦绕在闺房；井水虽深，手摇状似玉虎的辘轳，牵引井绳也可打上井水，为何我却无缘再与他相会。贾女隔帘窥探韩寿，是爱他年轻貌美；宓妃赠魏王曹植玉枕，是钦慕他的诗才，我也是那样倾慕于他，为何就不能与他朝云暮雨。唉！从今以后我这颗心再不要和春花竞相开放，免得徒为相思所苦。

这也是一首艳情诗，写一位闭锁深闺的女子追求爱情而失望的痛苦。金蟾虽坚香烟可入；井水虽深，辘轳可汲，为何我却无隙可乘？这位女子痴情可鉴，可惜不见心中的英俊才子，她只有在心里绝望地喊出：我不要再想他了。能不想吗？

李商隐的爱情诗写得最好的都是写失意的爱情，这大概由于他沉沦的身世遭遇，使其对青年男女失意的爱情有特别的体验，而在诗作中融入对自己身世的感慨的缘故吧！

筹笔驿①

李商隐

鱼鸟犹疑畏简书②，风云常为护储胥③。

徒令上将挥神笔，终见降王走传车④。

管乐有才真不忝⑤，关张无命欲何如。

他年锦里经祠庙，梁父吟成恨有余。

【注释】

①筹笔驿：在今四川广元市北，诸葛亮北伐时，曾在这里筹划军事。

②"鱼鸟"句：诸葛亮治军以严明著称，在此意谓至今连鱼鸟都还惊畏他的军令。

③储胥：指军用的篱栅。

④传车：古代驿站的专用车辆。

⑤真不忝：真不愧。

【鉴赏】

诸葛亮治军严明，军令如山，连鱼、鸟都望之生畏。

他似有天助，常有风云护着他军营的栅栏。然而，尽管他治军有方，神机妙算，也是徒然，昏庸的后主刘禅不也投降晋军了吗？诸葛亮确有管仲和乐毅一样的才干，可惜关公没有严格遵守他"联吴抗曹"的策略，致使自己和张飞身亡，猛将已亡，他又怎能力挽狂澜？往年我经过成都时，拜谒了武侯祠，吟诵诸葛亮喜好的《梁父吟》，为他"出师未捷身先死"深表遗憾！

这是一首凭吊诗。此诗是大中十年（856）冬，诗人罢去梓州幕府之职，返还京师，途经筹笔驿时所作。

诗中盛赞诸葛亮长于治军，军纪严明，余威犹存。

接着以刘禅和关、张这两类不同的典型人物与其对比：刘禅的昏庸，使诸葛亮一生的谋划付诸东流；关羽违反了诸葛亮联吴抗魏的策略，而使蜀汉兵挫地削，并招致自己和张飞的亡身之祸。通过对比，更显诸葛亮卓越的政治才能。诗人为他未能统一中国而惋惜，同时也对懦弱昏庸、终于投降魏国的后主刘禅加以贬斥。

无　题

李商隐

相见时难别亦难，东风无力百花残①。

春蚕到死丝方尽，蜡炬成灰泪始干。

晓镜但愁云鬓改，夜吟应觉月光寒②。

蓬山③此去无多路④，青鸟殷勤为探看。

【注释】

①"东风"句：指相别时为暮春时节。

②月光寒：指夜渐深。

③蓬山：蓬莱山，相传为海上仙山之一，这里借指对方的住处。

④无多路：没有多远。

【鉴赏】

我与你难得一见，所以离别时更难舍难分。你我分手时正值暮春时节，东风无力，百花凋谢。我对你的思念就像春蚕，到死才吐尽最后一根丝，又像红烛，自焚殆尽才流尽最后一滴泪。清晨时你对镜梳妆，一定会为如云的双鬓又添了不少白发而叹息；而夜晚对月沉吟，肯定会觉得月光清寒，令你倍感孤凄。你住的蓬莱仙境距离这里并没有多远，殷勤的青鸟信使，多劳您为我探望。

此诗历来颇多人认为有人事关系上的隐托。然就诗论诗，笔者以为这是一首表示两情至死不渝的爱情诗。这首诗被后世谱为曲，传唱甚广，堪为爱情诗之经典。

春 雨

李商隐

怅卧新春白祫衣[①]，白门寥落意多违。

红楼隔雨相望冷，珠箔[②]飘灯独自归。

远路应悲春晼晚[③]，残宵犹得梦依稀。

玉珰[④]缄札[⑤]何由达，万里云罗一雁飞。

【注释】

①白祫衣：即白夹衣，唐人以白衫为闲居便服。

②珠箔：珠帘。

③晼晚：太阳将落山的样子。

④玉珰：耳珠。

⑤缄札：密封的书信。缄，封。

【鉴赏】

新春之夜，我穿着白夹衣怅然地躺在床榻上，想起旧日我与你幽会之处，如今寥落寂寞，再也不见你的踪影，我心中一片悲苦凄凉，难以入眠。我最后一次去看你时，天上飘着蒙蒙细雨，隔着雨丝我凝视着你的居所——红楼，哪知已是人去楼空，我心里万分孤寂凄凉，唯有灯笼映照着珠帘般的夜雨伴我独归。远方的你也许也会因春残日暮而触动愁绪吧。我长夜无眠，迷迷糊糊中直到凌晨才入睡，得以与你梦中相会。我实在难以抑制对你的思念，只好修书一封，随赠耳珠一对。怎样才能寄给你呢？我只有寄希望于万里云中的那只孤雁。

此诗抒写怀念远方恋人的凄苦。从和衣独卧、寂寞难耐，念及夜寻红楼、带雨而归，再到愁怀萦绕、梦中相见，强烈的思念，已使他难以抑制，即修书一封，附玉珠一对，托云中孤雁代为相送，这可是一颗痴迷而凄苦的心哪。

无题·其一

李商隐

凤尾香罗薄几重，碧文圆顶夜深缝。
扇裁①月魄②羞难掩，车走雷声③语未通。
曾是寂寥金烬暗④，断无消息石榴红。

斑骓⑤只系垂杨岸，何处西南任好风⑥。

【注释】

①扇裁：以团扇掩面。

②月魄：月的不明亮部分，这里代指月。

③车走雷声：暗引司马相如《长门赋》："雷殷殷而响起兮，声象君之车音。"写陈皇后于失宠幽居时的望幸之情。

④金烬暗：即烛残。烬，烛花。

⑤斑骓：毛色青白相杂的马。此句暗引了乐府《神弦歌·明下童曲》"陆郎乘斑骓……望门不欲归"的句意。

⑥"何处"句：活用了曹植的《七哀诗》中"愿为西南风，长逝入君怀"的名句，表达相会难期之苦。

【鉴赏】

夜已经深了，我还在用轻薄的凤纹绫罗，缝织着青碧花纹的圆顶罗帐，希望这罗帐能为君所用。想起那次与君邂逅时，我慌忙用团扇掩盖了我的面容，但眼神却暴露了我的娇羞。你驱车而过，四目含情。自此以后，我不知因寂寥挨过了多少个不眠之夜，常想你想到更残烛尽。等到石榴花都红了，却丝毫没有你的消息。我日夜思念的意中人哪，也许你和我相隔并不遥远，也许此刻你正系马垂杨岸边。你我近在咫尺，却无缘相会。多么希望有一阵好风，把我吹送到你怀中。

　　此诗抒写一位女子对爱情的渴望。深夜缝制罗帐，引起对往事的追忆和对会合的迫切期待。回忆邂逅的情状，追思往事，令人怅惘。

无题·其二

李商隐

重帷①深下莫愁②堂，卧后清宵细细长。

神女③生涯原是梦，小姑居处本无郎。

风波不信菱枝弱④，月露谁教桂叶香。

直道相思了无益，未妨惆怅是清狂⑤。

【注释】

　　①重帷：喻帷帐深邃。

　　②莫愁：古乐府中传说的女子，此处泛指年轻女子。梁武帝《河中之水歌》："河中之水向东流，洛阳女儿名莫愁。"

　　③神女：即宋玉《神女赋》中的巫山神女。传说她曾

与楚王在梦中欢会。

④"风波"句：意谓菱枝虽是弱质，却不会任凭风波欺负。

⑤"直道"二句：意谓即使相思全无好处，但这种惆怅之心也可算是痴情了。清狂，痴情。

【鉴赏】

重重帷幕垂挂在我的闺房，一觉醒来夜未央，唯有漫漫长夜伴着我的孤独和冥想。追思往昔，我尽管也像巫山神女那样，对爱情有过自己的幻想与追求，但到头来不过是一场梦而已。

直到如今，我还是像清溪小姑那样，独处无郎，终身无托。

险恶的风浪偏要摧折我这柔弱的菱枝，我本具有桂叶一样芬芳的美质，却没有月华清露的滋润使之飘香。纵使苦苦相思，到头来也毫无益处，我却是痴情不改，满怀惆怅。

此诗是抒写女子自伤不遇的身世。作者很明显是有所寄托，否则"风波"一联就显得不着边际了。在仕途上，诗人不仅未得到有力的援助，还反遭朋党势力的压抑，故借菱枝遭风波摧折、桂叶无月露滋润来比喻自己在仕途上的遭遇。

利州南渡

温庭筠

澹然①空水对斜晖，曲岛苍茫接翠微②。

波上马嘶看棹③去，柳边人歇待船归。

数丛沙草群鸥散，万顷江田一鹭飞。

谁解乘舟寻范蠡④，五湖烟水独忘机。

【注释】

①澹然：水波动荡的样子。

②翠微：指青翠的山坡。

③棹：桨，也指船。

④范蠡：春秋楚人，曾助越灭吴，为上将军。后辞官乘舟而去，泛舟于五湖。

【鉴赏】

江水波光粼粼，反射着夕阳无限美好的光辉，迂曲起伏的江中岛屿，远远望去，好像与岸边青翠的山冈连成一片，显得深邃旷渺。眼看着马鸣舟中，行客已随波而去。柳荫下有人歇息，等待船儿回归。船儿经过沙洲的草丛，惊起了一群鸥鹭。在辽阔的江面上，一只白鹭掠空而飞。谁能理解我泛舟江湖，追寻范蠡的行踪的行为？那是因为在烟波浩渺的江水上泛舟，可以忘掉世俗的心机。

诗写夕阳里渡口的景色，抒发欲步范蠡后尘，忘却俗念和心机，功成引退的归隐之情。

苏武庙

温庭筠

苏武魂销汉使前，古祠高树两茫然。
云边雁断①胡天月，陇②上羊归塞草烟。
回日楼台非甲帐③，去时冠剑是丁年④。
茂陵⑤不见封侯印，空向秋波哭逝川⑥！

【注释】

①雁断：指音讯不通。
②陇：通"垄"，高地。

③甲帐：汉武帝以琉璃珠玉等制为帷帐，因其数多，故以甲乙分之。此句实指苏武回国时，武帝已死，楼台非旧。

④丁年：成丁的年龄。丁，壮大。

⑤茂陵：汉武帝陵墓，在今陕西兴平市东北。常作为汉武帝的代称。

⑥逝川：本指逝去的时间，此泛指往事。

【鉴赏】

当年苏武在荒凉的北海见到汉使时，悲喜交集，感慨万千，而今英雄已去，只留下古庙高树，一片茫然。苏武羁留北海时，与故国音书断绝，只有夜夜仰望胡天明月，思念故国；每日傍晚从丘垄上牧羊归来，只见塞草荒烟，一片苍茫，倍感孤苦伶仃。苏武出使匈奴时正值壮年，归来时，汉武帝已经死了，楼台依旧，甲帐不存。武皇已死，君臣已不得相见，没有谁为苏武封侯授爵，苏武只有空对秋水哭吊先皇，哀叹年华似水，一去不复回。

此诗塑造了一位坚持民族气节的英雄形象。晚唐国势衰颓，民族矛盾尖锐，歌颂民族气节、忠贞不屈、心向故国的品德和思想，这是时代的需要。

宫 词

薛 逢

十二楼中尽晓妆^①，望仙楼上望君王。
锁衔金兽连环^②冷，水滴铜龙^③昼漏长。
云髻罢梳还对镜，罗衣欲换更添香。
遥窥正殿帘开处，袍袴宫人^④扫御床。

【注释】

①"十二楼"句：指一清早宫人就在梳妆待幸。

②金兽连环：兽形铜门环。

③水滴铜龙：指铜壶滴漏，古时计时的仪器，因壶上刻有龙形，故叫"铜龙"。

④袍袴宫人：指穿着衣裤的宫女。袴，同"裤"。

【鉴赏】

一大清早，十二楼中的宫妃们就在刻意地打扮自己，登上望仙楼，盼望着君王临幸。兽形门环像冰一样冷，紧锁着宫门；铜龙滴漏好像越滴越慢，越发觉得度日如年。发髻梳理完毕后，还要对着镜子反复端详；重换上一件罗衣，又要加熏一些麝香。远远望见正殿珠帘掀开的地方，有穿着短袍绣裤的宫女，正在打扫御床，原来皇上已准备降幸正宫。

此诗代写宫妃的怨恨，诗一落笔就写宫妃企望君王来幸，然而从早到午，百般打扮却不见皇帝临幸，于是越发觉得度日如年，最后希望还是落空。可见，君王的嫔妃多得数不清，她们的盼望何时能实现，谁又能说得清楚。

贫　女

秦韬玉

蓬门①未识绮罗香②，拟托良媒亦自伤。
谁爱风流③高格调，共怜时世俭梳妆。
敢将十指夸针巧，不把双眉斗画长。
苦恨年年压金线④，为他人作嫁衣裳。

【注释】

①蓬门：蓬茅编扎的门，指贫女之家。

②绮罗香：指富贵妇女的华丽衣裳。

③风流：这里指风韵优雅，举止潇洒。

④压金线：按捺针线，指刺绣。

【鉴赏】

我出身贫寒，从未穿过绫罗绸缎，家人打算托好的媒人说亲，却因为家贫，至今无人垂怜，这使我更感到悲伤。如今这世道，重富贵而不重品行，有谁会爱怜我意态娴雅、品行高洁呢？如今时世艰难，家境又贫寒，又有谁来与我共同珍惜俭朴的梳妆，共同过清贫的生活呢？我敢用十个指头来夸耀自己刺绣的灵巧，却不愿把眉毛画得秀长去和别人争美斗艳。我心中最恨的是年年辛劳地刺绣，却都是替富家女子做嫁衣。

此诗借咏叹贫女的身世，寄托了贫士怀才不遇的感伤，概括了终年劳心劳形的寒士不为世用、久屈下僚的愤懑不平。因为语义双关，蕴含丰富，形象鲜明，诗情哀怨，历来为人们所传诵。

鹿 柴①

王 维

空山不见人，但闻人语响。
返景②入深林，复照青苔上。

【注释】

①鹿柴：用带枝杈的树木搭成的栅栏，因其形似鹿角，故名。柴，通"寨"，木栅栏。

②返景：指日落时分，阳光返照东方的景象。

【鉴赏】

山中空空荡荡的，看不到一个人影，远处时而传来隐隐约约人说话的声音。夕阳的余晖射入幽深的丛林，照在青苔上，泛着昏黄的微光。

空谷传音，更添空寂；夕阳映照，愈显幽暗。如此幽、静、空的山林令人神往，真是一个读书养性的好地方。耳边再没有都市的喧嚣，再不会心浮气躁、患得患失。就像人一踏进佛堂，会立即被其静穆所感染，不再有心慌意乱、六神无主的感觉，人变得沉静，暂时忘怀了红尘的得失。古人云：小隐隐于山林，大隐隐于闹市。

笔者认为这只是一种贪恋红尘，又故作超脱的托词。环境改变人，只有清静的环境才更能让人忘怀红尘中的名利情仇。

竹里馆

王 维

独坐幽篁①里，弹琴复长啸。
深林人不知，明月来相照。

【注释】

①幽篁：幽深的竹林。篁，竹林。

【鉴赏】

月夜，独坐幽静的竹林里，一边弹着琴，一边高歌长啸。竹林僻静幽深，那些碌碌于口腹之欲的人自然无暇到这种地方来，只有皎洁的明月好像是在赞赏诗人的高洁，默默将月华洒在深林，殷勤相照。

弹琴长啸，反衬竹林之幽；明月光影，更显深林之暗。看似平淡，信手拈来，其实匠心独运。

在王维的山水诗中，着力表现的是一种寂灭般的幽静，我们仿佛看见诗人了无挂碍，就如同空山深林一般静寂的心灵。人初生时的一声啼哭，如石破天惊，从此开始一步步走向死亡，归于寂灭。这一过程在漫长的历史长河里，不过是昙花一现。人生如花，无意苦争春，一任群芳妒，不如开在常人不至的深涧，自生自灭，免去尘世的烦恼。有的人历经红尘浩劫，还是归来了，陶渊明如此，王维也是如此。

送　别

王　维

山中相送罢，日暮掩柴扉①。
春草年年绿，王孙②归不归。

【注释】

①柴扉：柴门。

②王孙：公子，这里指送别的友人。

【鉴赏】

从山中送你走后，已是傍晚时分，我怅然若失，关闭了柴门。春草年年都绿，游子呀！你什么时候才会回来？

没有依依不舍的离情饯别，却写别后回家的寂寞之情，再写期望别后重聚。春草再绿自有时，离人回归却无期。惜别之情，自在话外。人生苦短，聚少离多，每个人都会想起远在他乡的朋友，有的可能已失去了联系，只能永远留在记忆之中。

相　思

王　维

红豆①生南国，春来发几枝。
愿君多采撷②，此物最相思。

【注释】

①红豆：又名相思子，一种生在岭南地区的植物，结出的籽像豌豆而稍扁，呈鲜红色。

②采撷：采摘。

【鉴赏】

春天来了！产于岭南一带的红豆，不知又发了几枝，该长得枝繁叶茂了吧。愿你多多采摘它，嵌饰佩带，这东西最能寄托相思。

此诗近乎民歌，语言朴素，格调隽永。此诗广为流传，凡读过的人，大都能背诵。

绚烂之极归于平淡，最能打动人的，往往不是什么华章丽句，而是很朴实的语言。

如果你接到远方恋人的电话，关切地嘱咐你说："我看了天气预报，今天又降温了，你要记住多加一件衣服。"

一句再朴实不过的话，却远比甜言蜜语更能打动人心，真心的话语往往都是用朴素的语言表达出来的。

杂 诗

王 维

君自故乡来，应知故乡事。
来日①绮窗②前，寒梅著花③未？

【注释】

①来日：指从家乡出发的那天。
②绮窗：雕饰精美的窗子。
③著花：开花。

【鉴赏】

您刚从我们家乡来，应该知道家乡的事吧。请问您来的
那天，我家雕花窗前的那一株蜡梅开花没有？

可抒写怀乡之情的事物很多，诸如山川景物、风土人
情，然而此诗却写眷念窗前"寒梅著花未"，寓巧于朴，于
细微处见精神。诗人好梅，也溢于言表。全诗信手拈来，自
然天成，是为妙品。

语言明白如话，言浅而意长。

送崔九

裴　迪

归山深浅去，须尽丘壑美。
莫学武陵人^①，暂游桃源里。

【注释】

①武陵人：指陶渊明《桃花源记》中的武陵渔人。

【鉴赏】

你既要归隐山林，就应该尽情领略山水之美。千万别学
陶渊明笔下的那个武陵人，只是偶然地闯进了桃花源，却又
匆匆还家，还家之后，再去寻找桃花源，那就再也找不
到了。

崔九曾与王维、裴迪同隐于终南山。这首诗是劝勉崔九
既要隐居，就不要三心二意，入山复出，不甘久隐。此诗言
近而旨远，也反映出当时有不少沽名钓誉的假隐士，隐居山

林，实际上是欲擒故纵，走"终南快捷方式"。再说，不甘寂寞的人怎能久居山林？

终南望余雪

祖　咏

终南阴岭①秀，积雪浮云端。
林表②明霁色③，城中增暮寒。

【注释】

①阴岭：背向太阳的山岭。阴，指山北。

②林表：林外。

③霁色：雨、雪后晴空的颜色。

【鉴赏】

终南山北，景色秀美；终南山高峻，峰顶上的积雪，似乎浮在云端。雪后放晴，明亮的阳光映照在树林上；夜色降临，城中更添几分寒冷。

据《唐诗纪事》记载，此诗是诗人赴科举考试时所作，要求作一首五律，结果诗人写了四句就搁笔了。问之，答曰："意尽。"诗人已将终南雪后初霁之景表现得恰到好处，增之一分则太长，减之一分则太短。

宿建德江①

孟浩然

移舟泊烟渚②，日暮客愁新。
野旷天低树，江清月③近人。

【注释】

①建德江：指新安江流经建德的一段江面。建德，今浙江建德市。

②烟渚：暮霭笼罩下的沙洲。

③月：此指水中的月影。

【鉴赏】

已是黄昏时分，诗人将小船停泊在烟雾笼罩下的小洲，四周一片清寂，忽念起远在万里之外的家乡，顿生羁旅之愁。举目四望，原野空旷，黄昏时分，阴沉沉的天空似乎比树还低；江面上水波不兴，清澈如镜，映入水中的月影似乎离人更近了，伸手可掬。

诗人仕途失意，漫游吴越，寄情山水。旷远清幽的景物更烘托了诗人旅途的冷落孤寂，此时此景，月影也令人觉得亲近，而孤寂之情更切。

春　晓①

孟浩然

春眠不觉晓②，处处闻啼鸟。
夜来风雨声，花落知多少。

【注释】

①春晓：春天的早晨。
②不觉晓：不知道天已经亮了。

【鉴赏】

春梦不觉，天色已晓，到处都能听到鸟儿的啼叫声。昨夜听到雨声霏霏，不知有多少花儿随之飘落。

　　诗人见落花，即见春残。见美好的事物被风雨摧残，不禁叹惜韶光易逝，容颜易衰。诗人借感叹春光易过，抒发岁月易逝之情。

静夜思

李　白

床前明月光，疑是地上霜。
举①头望明月，低头思故乡。

【注释】

①举：抬。

【鉴赏】

　　皎洁的月光洒落床前，迷蒙中，以为是地上的秋霜。仰望空中那一轮明月，唉！又是月圆人不圆，不禁惆怅满怀，低头思念故乡的亲人。

　　历代诗歌浩如烟海，但其中广为传颂，妇孺皆知，连三岁小童都能背诵的，当首推此诗。望月思乡，没有华美的辞藻，用词清新朴素，明白如话，但其意蕴深远，百读不厌，妙绝今古，真是天才之作。

怨　情

李　白

美人卷珠帘，深①坐颦蛾眉②。
但见泪痕湿，不知心恨谁。

【注释】

①深：久。
②颦蛾眉：皱眉。

【鉴赏】

一个容貌姣好的女子卷起珠帘临窗而坐，待在那儿坐了很久，双眉紧锁，默默地流着眼泪，不知道她恨的是谁。

爱极而生恨，可恨他一去杳无音信，害得我为他满面憔悴，衣带渐宽。怅望窗外，愁眉不展，泪湿衣襟。唉！多情自古空余恨。

八阵图①

杜　甫

功盖三分国，名成八阵图。
江流石不转②，遗恨失吞吴③。

【注释】

①八阵图：聚细石成堆，各高五尺，纵横棋布。夏时为水隐没，冬时水退仍然出现。遗迹曾见于夔州西南永安宫前平沙上，相传为诸葛亮所作。八阵，即天、地、风、云、龙、虎、鸟、蛇。图，法度、规模。

②石不转：指涨水时，八阵图的石块并没有被冲走，遗迹仍然存在。

③失吞吴：意谓吞吴失策。诸葛亮对刘备伐东吴的举动是不赞成的，隆中初见时，即已有"东连孙权，北拒曹操"之说。后来刘备大败，诸葛亮又说："法孝直（法正）若在，则能制主上，令不东行；就复东行，必不倾危矣。"

（《三国志·蜀书·庞统法正传》）。

【鉴赏】

魏、蜀、吴三国之中，以诸葛亮辅佐刘备，完成三分天下的盖世功绩最为卓著。他创制的八阵图，更是名扬千古，任凭江流冲击，石头依然如故。千年遗恨，是你未能阻止刘备失策，想吞并吴国的决策，导致蜀军惨败。

诗人赞颂了诸葛亮的丰功伟绩，尤其称颂他在军事上的才能和建树。对刘备不顾大局，为其弟关羽报仇，出师伐吴兵败，葬送了诸葛亮联吴抗曹、统一中国的宏图大业颇有微词。

登鹳雀楼①

王之涣

白日依山尽，黄河入海流。

欲穷千里目，更上一层楼。

【注释】

①鹳雀楼：在今山西省永济市西南。

【鉴赏】

夕阳沿着山冈慢慢落下，波涛汹涌的黄河向东奔流，一泻千里，直入大海。你若不满足于眼前所见的这种雄伟宽广的景色，而想看到千里外的莽莽群山、滔滔江水，你就要再上一层楼。

夕阳西下，黄河入海，好一幅恢宏的图景，气势何等雄伟奔放。然而，欲穷千里，就必须更上一层楼。人生何尝不是如此，站得高，才看得远。

送灵澈①上人

刘长卿

苍苍竹林寺，杳杳②钟声晚。
荷③笠带斜阳，青山独归远。

【注释】

①灵澈：本姓汤，后出家，号灵澈，字源澄，唐代著名诗僧。

②杳杳：深远的样子。

③荷：负，背着。

【鉴赏】

傍晚时分，从林木幽邃的竹林寺中，传来悠远缥缈的钟声。我目送灵澈，他身背斗笠，披着晚霞，独自归向青山深处。

这首小诗是中唐山水诗的名篇之一，写诗人送别诗僧灵澈的情景。意境清晰，构思精湛，一反送别感伤之态，而富有清雅之气。

弹 琴

刘长卿

泠泠①七弦②上，静听松风寒③。
古调虽自爱，今人多不弹。

【注释】

①泠泠：形容清凉、冷清。

②七弦：古琴有七条弦，故称七弦琴。

③松风寒：松风，琴曲名，指《风入松》曲。寒，凄清的意思。

【鉴赏】

凄清的音乐发自七弦古琴，静静细听，那是古曲《风入松》。我就爱这令人神往的古曲，只可惜如今已不流行。此诗借咏古调冷落，暗喻自己怀才不遇，知音甚少。赞美琴声，慨叹时尚，流露了诗人孤芳自赏、曲高和寡，不为世人所赏识的苦闷。

送上人①

刘长卿

孤云将②野鹤，岂向人间住。
莫买沃洲山③，时人已知处。

【注释】

①上人：旧时对僧人的尊称。

②将：共。

③沃洲山：在今浙江新昌县东，相传晋代名僧支遁曾于此放鹤养马，为道家第十二福地。

【鉴赏】

你就像那孤云野鹤，早已超脱红尘，怎能栖居在这尘世之间？请别去沃洲山隐居，因为那是世人共知的去处。这是一首送行诗，诗中的上人便是灵澈。沃洲山是世人熟悉的名山，到这样的地方隐居是不是有点沽名钓誉？看来灵澈也是难断尘缘，入山不深啊！

秋夜寄丘员外①

韦应物

怀君属②秋夜，散步咏凉天。

空山松子落，幽人③应未眠。

【注释】

①丘员外：诗人丘为之弟，名丹，苏州人，曾拜尚书郎，后隐居平山上。

②属：正值。

③幽人：悠闲的人，指丘员外。

【鉴赏】

在这凄凉的秋夜，我十分想念您！我独自徘徊在夜色中，咏叹这凉爽的秋天。

空山寂静，应该能听到松子落地的声音，我想您也在思念我这个老朋友，还没有入眠吧。

这是一首怀人诗，诗人与丘丹在苏州时来往甚密，丘丹临平山学道时，诗人写此诗以寄怀。隐士常以松子为食，现在又是松子脱落的季节，因而想起了友人。

秋夜怀人，徘徊沉吟，友人也一定在思念自己，难以入眠，一样秋色，两地相思。该诗着墨虽淡，却韵味无穷，语浅而情深，言简而意长，有古雅恬淡之美，堪为怀人之佳作。

听 筝①

李 端

鸣筝金粟柱②，素手玉房③前。
欲得周郎④顾，时时误拂弦。

【注释】

①筝：弦乐器，有十三弦，相传为秦时蒙恬制造的。

②金粟柱：桂木做的柱。古时称桂为金粟，这里当是指弦轴之细而精美。

③玉房：筝上安枕之处。

④周郎：周瑜。精通音乐，他人奏曲有误，必能辨之。时人有"曲有误，周郎顾"之说。

【鉴赏】

一位美女将手放在筝上，正在弹奏装饰得十分华美的古筝，女子那纤细白皙的双手在琴弦上轻抹，琴声悠然响起。

但她心不在焉，为了引起那位像三国周郎一样俊美而又精通音律的男子的注意，她故意经常弹错曲子。

此诗描摹了一位弹筝美女为博取钟情男子的青睐而故出差错的情态，洞察入微，描写细腻婉曲，颇为传神。

新嫁娘词

王 建

三日入厨下，洗手作羹汤。
未谙姑食性^①，先遣小姑尝。

【注释】

① "未谙"句：意思是还不熟悉婆婆的口味。谙，熟悉。姑，指婆婆。

【鉴赏】

刚过门三天的新媳妇，按规矩要进厨房煮饭烧菜。她洗净双手，做好了饭菜，因为第一次在丈夫家烧饭，不知婆婆啥口味，所以先请小姑品尝。

此诗描摹一位新媳妇巧思慧心的情态，语虽浅白，却颇为得体。"先遣小姑尝"表现了新媳妇的机灵聪敏，心计巧思，真是于细微处见精神。

有人认为此诗是为新入仕途者而作。在情理上，作为新入仕途者的借鉴亦未尝不可。

玉台体①

权德舆

昨夜裙带解，今朝蟢子②飞。
铅华③不可弃，莫是藁砧④归。

【注释】

①玉台体：南朝陈徐陵曾选古代艳诗及言情诗，编写《玉台新咏》十卷，后世称之为玉台体。这里是咏闺情。

②蟢子：蜘蛛的一种。暗褐色，身体细长，脚很长，多在室内墙壁间结网，其网被认为像八卦，以为是喜事的预兆，故亦称"喜子""喜蛛"。

③铅华：指搽脸的粉。

④蕙砧：六朝时妇女对丈夫的隐称。

【鉴赏】

　　昨晚我裙带自解，今天早晨又看见长脚小蜘蛛飞来，这两种喜兆接连出现，莫非是我的丈夫就要回来，我得赶紧描眉搽粉梳妆打扮。

　　这是一首描写妇女盼望丈夫回还的诗。感情真挚，朴素含蓄，语俗却不伤雅，情乐又不觉淫。我们可以想象到她的丈夫已经很久没有回家了，要是这两种喜兆没有应验，这个妇女该会是怎样的失落？

江　雪

柳宗元

　　千山鸟飞绝，万径人踪灭。
　　孤舟蓑①笠翁，独钓寒江雪。

【注释】

　　①蓑笠翁：披蓑衣、戴斗笠的渔翁。

【鉴赏】

所有的山，不见飞鸟踪影；所有的路，不见人影踪迹。江上孤舟，渔翁披蓑戴笠；独自垂钓，不怕冰雪侵袭。

此诗堪称千古绝唱，历代诗人无不交口称绝，千古丹青妙手，也争相以此为题，绘出不少动人的江天雪景图。

一片白茫茫的世界，没有飞鸟，没有人影，水平如镜的江上，一个披蓑衣、戴斗笠的渔翁，手持钓竿，就像画中人，一动不动，独自垂钓。意境何其幽僻深邃。

那渔翁便是傲睨一切的诗人。

天地都披上了银装，白雪皑皑，无人声，无鸟鸣，唯有雪花飘落水面的声音，这寂静，恰似渔翁心中的沉静，天地洁白，心静如水，万念俱灰，这种境界不是那些名利客所能达到的。

行 宫①

元 稹

寥落②古行宫，宫花③寂寞红。

白头宫女在，闲坐说玄宗。

【注释】

①行宫：皇帝在京城之外的宫殿。

②寥落：寂寞冷落。

③宫花：行宫中所开的花。

【鉴赏】

古行宫早已冷冷清清，行宫中的花却依然开得鲜艳。有几个已是满头白发的宫女，闲坐无聊，谈论起当年的唐玄宗。

这是一首抒发盛衰之感的诗。昔日盛世已去，繁华不再；当年花容月貌，娇姿艳质，辗转落入宫中，寂寞幽怨，如今青春消逝，红颜憔悴，闲坐无聊，只有谈论往事。此诗表达了诗人对盛世的怀念，对宫女的同情。

问刘十九

白居易

绿蚁①新醅②酒，红泥小火炉。

晚来天欲雪，能饮一杯无？

【注释】

①绿蚁：指浮在新酿的没有过滤的米酒上的绿色泡沫。

②醅：没有过滤的酒。

【鉴赏】

新酿的米酒还未过滤，上面还有一层绿色的泡沫。小小的红泥炉，将屋子照得通明。天黑得像要下雪了。老兄！能否共饮一杯？

本诗描写雪夜邀友小饮御寒，促膝夜话。诗中蕴含浓浓的生活气息，不事雕琢，信手拈来，语言平淡而情味盎然，细细品味，恰似"绿蚁新醅酒"。

宫 词

张 祜

故国①三千里，深宫二十年。

一声《何满子》②，双泪落君③前！

【注释】

①故国：指故乡。

②何满子：一作《河满子》，乐府曲名，据传由乐工何满而得名。

③君：指唐武宗。

【鉴赏】

远离故乡三千里之遥，幽闭深宫已有二十年了，好似笼中小鸟，不能享受人世间的温暖，只有在痛苦中煎熬。在君王面前，唱起一曲声韵哀婉的《何满子》，我禁不住双泪长流。

这首宫怨诗独具特色，一般宫怨诗多写宫女失宠或不得幸之苦，而此诗却一反其俗，写在君前挥泪怨恨。

登乐游原

李商隐

向晚意不适①，驱车登古原。

夕阳无限好，只是近黄昏。

【注释】

①意不适：心情不舒畅。

【鉴赏】

临近傍晚时，觉得心情不太舒畅，于是驾车登上乐游原散心。看见夕照一片灿烂，无限美好，可惜已将近黄昏，这美好时光终究短暂。

这是一首登高望远，即景抒情的诗。这首诗寓意颇多，可能是感叹流光易逝，也可能有盛衰之感，还有人说这是诗人慨叹自己垂垂老矣。施补华说："叹老之意极矣，然只说夕阳，并不说自己所以为妙。"

寻隐者不遇

贾　岛

松下问童子，言师采药去。
只在此山中，云深①不知处。

【注释】

①云深：指山深云雾浓。

【鉴赏】

我寻访一位隐士，在松树下遇见他的弟子，我问他："你师父在吗?"他说："师父采药去了。就在这座山里。"唉！这座山实在太大了，云雾缭绕，我怎么能知道他在哪儿呢?

诗人寻访高人不遇，以白云喻其高洁，以苍松喻其风骨。虽不遇，愈显诗人的高仰，也正是诗人自身情怀的折射。二十字亦令人遐想不尽，意在诗外。

渡汉江

宋之问

岭外①音书绝，经冬复立春。
近乡情更怯，不敢问来人②。

唐诗宋词元曲精编

364

【注释】

①岭外：大庾岭之外，即岭南，今广东、广西一带。
②来人：指从家乡来的人。

【鉴赏】

久居岭南，家乡音讯全无，经历了一个寒冬，又到立春时候，终于踏上了归乡的旅途。因为好久没有和家人联络，家中情况不明，离家越近越是提心吊胆，更不敢向人打听家中消息，生怕听到了坏消息。

此诗语浅意深，描写心理极为准确、细腻，离家久远的人自然会有同感。

春　怨

金昌绪

打起黄莺儿，莫教枝上啼。
啼时惊妾梦，不得到辽西①。

【注释】

①辽西：故郡名，在今辽宁省辽河以西的地方。这里指丈夫从军之地。

【鉴赏】

我拿起竹竿赶走黄莺，不让它在枝头上叽叽喳喳地乱叫。那讨厌的叫声打断了我的美梦，使我不能梦飞辽西与郎君相会。

黄莺好音，却要将它赶走，为什么呢？原来这位闺中少妇正在梦中去辽西，要去边关和郎君幽会。好梦被鸟儿吵醒，难怪少妇要迁怒于它。

哥舒①歌

西鄙人

北斗七星②高，哥舒夜带刀。
至今窥牧马③，不敢过临洮。

【注释】

①哥舒：即哥舒翰，唐玄宗时大将，曾大破吐蕃，使吐蕃不敢再犯青海，积功封西平郡王。

②北斗七星：指天枢、天璇、天玑、天权、玉衡、开阳、摇光七星。

③牧马：此指胡骑。

【鉴赏】

北斗七星高挂空中，恰似哥舒翰功高盖世。哥舒翰镇守边关，夜带宝刀，威名震慑敌军。

胡骑如今只能远远地往南窥伺，他们再也不敢越过临洮，南下牧马。

这是流行于西域边境的一首歌颂哥舒翰战功的民歌。全诗内容平淡素雅，音节铿锵和顺，既有民歌的自然流畅，又不失五言诗的典雅逸秀。

清代沈德潜说："与《敕勒歌》同是天籁，不可以工拙求之。"

回乡偶书

贺知章

少小离家老大回，乡音无改鬓毛衰①。
儿童相见不相识，笑问客从何处来。

【注释】

①鬓毛衰：两鬓的头发已经花白。衰，稀疏。

【鉴赏】

我年轻时就离家在外做官，光阴荏苒，一晃几十年过去了，我如今已经八十几了。尽管还是一口的家乡话，可是已经两鬓花白，家乡的儿童见了，自然不认得我，笑着问我："您老人家是从哪里来的呢？"

故乡风物依旧，然而物是人非，真是人生易老，世事沧桑啊！

桃花溪

张　旭

隐隐飞桥①隔野烟，石矶②西畔问渔船。
桃花尽日随流水，洞③在清溪何处边？

【注释】

①飞桥：高桥。
②石矶：河流中露出的石堆。
③洞：指《桃花源记》中武陵渔人找到的洞口。

【鉴赏】

山路幽曲，溪水淙淙，烟霏霭霭，林壑重深，云烟缭
绕，隐约见溪水上一座高桥飞架。其境若仙，莫非是陶渊明
笔下的桃花源？我站在露出水面的石堆上，向划着渔船而来
的渔人问道："这桃花终日随水漂流，你知道那传说中的桃
花源洞在哪儿吗？"

其实世上哪有桃花源，这世外仙境只存在于人的心中，

心中有则有，心中无则无，正所谓境由心生。

九月九日忆山东兄弟

王　维

独在异乡为异客，每逢佳节倍思亲。
遥知兄弟登高①处，遍插茱萸②少一人。

【注释】

①登高：阴历九月九日重阳节，民间有登高避邪的习俗。
②茱萸：一种植物，味香。古风俗，每逢重阳节，人们把茱萸插在头上，登高饮菊花酒，可以避灾邪。

【鉴赏】

为了生计，独自漂流他乡，长做他乡之客，每逢佳节，更加思念家乡的亲人。今又逢重阳，家乡的兄弟一定又在登高。当你们头插茱萸时，就会发觉少了我这个远在他乡的游子。

此诗语言浅白，却表达了常人共有的情感，令人泪下。君不见，每逢春节，有多少在异乡的游子，只能在电话里听到母亲殷切的叮嘱。现代人过节的观念日渐淡薄，这是对亲情的一种漠视。有些人拼命地挣钱，希望过上幸福的生活，却不知幸福就在孜孜以求的过程中悄然离去。王维十七岁就写出此诗，今人可否？并非今人江郎才尽，而是今人重物质胜于精神。

芙蓉楼送辛渐

王昌龄

寒雨连江夜入吴，平明送客楚山^①孤。
洛阳亲友如相问，一片冰心在玉壶^②。

【注释】

①楚山：古时吴、楚两地相接，镇江一带也称楚地，故称其附近的山为楚山。

②玉壶：光明洁白之意。鲍照《白头吟》载有："直如朱丝绳，清如玉壶冰。"

【鉴赏】

夜雨迷蒙，笼罩着吴地江天；清晨为君送别，独对楚山孤峰，离愁无限！朋友啊，洛阳亲友若是问起我来，就说尽管我遭谗受贬，晶莹纯洁之心依然如旧。

南国烟雨，浩渺迷茫；楚山孤峰，兀然傲立。这既是景语也是情语，渲染了离别的凄凉气氛和诗人内心的孤寂。同时又暗示诗人仕途受阻，前途迷茫，却依旧孤标傲世，特立独行。临别所嘱，唯以玉壶冰心自明心迹。此诗作于王昌龄被贬为江宁丞之时，诗人正遭谤议，又送挚友远行，其凄切心情可想而知。

闺　怨

王昌龄

闺中少妇不知愁，春日凝妆①上翠楼。
忽见陌头②杨柳色，悔教夫婿觅封侯③。

【注释】

①凝妆：盛妆。

②陌头：道边。

③觅封侯：为封侯而从军在外。

【鉴赏】

　　闺阁中的少妇幼稚无知，天真烂漫，从来不知愁是什么滋味；春光明媚，浓妆艳抹，独自登楼赏春。忽见路旁杨柳青青。

　　唉！柳树又绿，夫君未归，时光如水，韶华易逝，此时心里涌起阵阵孤寂之苦，悔不该叫夫君为了封侯征战边关，一人独守空房，辜负了多少良辰美景。

　　人生一世，草木一秋，若非为报效国家而征战沙场，只是为求取功名，去那寒风怒号、大雪纷纷、黄沙满天的塞外，让玉人独守空闺，封侯又有何用？

　　覆水难收，人生易老，爱慕虚荣的女人，追名逐利的男人，善待生命吧！

春宫曲

王昌龄

昨夜风开露井桃①，未央②前殿月轮高。
平阳歌舞③新承宠，帘外春寒赐锦袍。

【注释】

①露井桃：《宋书·乐志·鸡鸣古词》有"桃生露井上"之句。露井，无盖的井。

②未央：汉宫殿名，此指唐宫。

③平阳歌舞：指平阳公主家的歌女卫子夫。据《汉书·外戚传》记载，汉武帝曾在他姐姐平阳公主家中，看歌女卫子夫舞蹈，后卫子夫进宫，备受武帝宠爱。

【鉴赏】

昨夜春风吹开了露井边的桃花，未央宫前殿，皎洁的明月高悬空中，月华如水，倾洒人间。平阳公主的歌女能歌善舞，近来得到武帝的宠幸。帘外春寒料峭，皇上怕新人着凉，特地赐她锦袍。

该诗背面敷粉，侧面打光，写春宫之怨，却无怨字。似乎无怨，怨至深；似乎无恨，恨至长。新人受宠，旧人生怨。虚此实彼，言近意远。声东击西，弦外有音。诗人真不愧是"七绝圣手"。

凉州词

王 翰

葡萄美酒夜光杯①，欲饮琵琶马上催②。
醉卧沙场君莫笑，古来征战几人回。

【注释】

①夜光杯：一种白玉制成的杯子。据《海内十洲记》
记载，西域曾进献夜光杯给周穆王。
②催：弹奏。

【鉴赏】

夜光杯盛着葡萄美酒，出征的将士正欲开怀畅饮，马上
琵琶声却已催促他们快踏上征程。请不要笑我醉醺醺地躺卧
在沙场上，从古至今，横刀跨马，威风凛凛出征的将士，有
几人能活着回来。

封建统治者穷兵黩武，开边未已，换来的是累累白骨。

送孟浩然之广陵

李 白

故人西辞黄鹤楼^①，烟花^②三月下扬州。
孤帆远影碧空尽^③，惟见长江天际流。

【注释】

①黄鹤楼：建在湖北武昌西边的黄鹤矶上，下面就是长江。

②烟花：指暮春浓艳的景色。

③碧空尽：指船消失在水天相接的地方。

【鉴赏】

在这繁花似锦、烟水迷离的阳春三月，老朋友孟浩然辞别黄鹤楼，沿着长江去扬州漫游。在那烟波浩渺的长江上，孟浩然所乘的小舟渐渐消失在水天相接的地方，只见浩浩荡荡的长江向天际奔流，恰似我这依依惜别之情！

李白对孟浩然是十分景仰的，"高山安可仰，徒此揖清

芬"，看到友人的帆船消失在天际之外，内心蓦地涌起茫茫
的失落和惆怅，就像那涌向天边的江水，"问君能有几多愁，
恰似一江春水向东流"，不过却没有那样悲切。即便是令人
伤怀的送别诗，诗人也营造得意境开阔，气势恢宏。烟花春
色，江水浩瀚；色彩明丽，气韵高古，真不愧为"千古丽
句"，堪为送别诗的上乘佳作。

早发白帝城①

李 白

朝辞白帝彩云间②，千里江陵③一日还。
两岸猿声啼不住④，轻舟已过万重山。

【注释】

①白帝城：在今重庆市奉节县。

②彩云间：白帝城地势高峻，如在云中。早晨朝阳映
照，云霞灿烂，故说"彩云"。

③千里江陵：旧传从白帝到江陵相距一千二百里。

④啼不住：指猿啸此起彼落，连续不停。

【鉴赏】

清晨，我辞别高耸入云的白帝城，乘舟回江陵。江陵远在千里之外，不过，江水湍急，水势如泻，顺流而下只需行船一天就可以到达。

舟行江上，两岸猿声不绝于耳，还没有回过神，轻舟已穿过万重青山。

唐肃宗乾元二年（759），诗人流放夜郎，行至白帝遇赦，乘舟东还江陵时作此诗。江陵路遥，一日可还，颇有"春风得意马蹄疾，一日看尽长安花"的感觉，诗人获释东归的喜悦之情溢于言表，读之令人心情开朗。

逢入京使

岑 参

故园①东望路漫漫，双袖龙钟②泪不干。

马上相逢无纸笔，凭君传语报平安。

【注释】

①故园：指长安。

②龙钟：这里作泪痕解。

【鉴赏】

回首东望，乡关何处是，路漫漫无际。擦拭眼泪，双袖已被浸湿，依然泣涕涟涟。赴任安西途中与君马上邂逅，欲修家书，却无纸笔，只好拜托你捎个口信，向我家人报个平安。

诗人于唐玄宗天宝八年（749），调任安西，赴任途中邂逅京使，托他捎带口信回家。信手写来，不事雕琢，真挚感人。感人的文字都是自然天成，绝非精雕细琢，更非引经据典。

江南①逢李龟年②

杜 甫

岐王③宅里寻常见，崔九④堂前几度闻。

正是江南好风景，落花时节又逢君。

【注释】

①江南：这里指江湘一带。

②李龟年：唐代著名的音乐家，颇受唐玄宗赏识，常在贵族豪门歌唱，后流落江南。每逢良辰美景，唱"红豆生南国"等曲，闻者莫不停止饮酒，掩面而泣。杜甫少年时才华卓著，常出入于岐王李范和秘书监崔涤的门庭，故得以欣赏李龟年的歌唱艺术。

③岐王：唐玄宗的弟弟李范，喜爱文学，好结纳文士。

④崔九：崔涤，玄宗宠臣，当时担任殿中监。

【鉴赏】

当年在岐王宅里，经常见到你的演出；在崔九堂前，也曾多次聆赏你的歌艺。没有想到，在这风景一片大好的江南，正是落花时节，能巧遇你这位老相识。

此诗约作于代宗大历五年（770），和《剑器行》一样，从艺人的颠沛流离抒写对时代沧桑、国事凋零、人生无常的感慨，寄寓了诗人对开元鼎盛的怀念。语言平淡，内涵丰满。蘅塘退士云："世运之治乱，年华之盛衰，彼此之凄凉流落，俱在其中。少陵七绝，此为压卷。"杜甫七绝存世不多，也较李白、王昌龄逊色，此诗可谓其七绝的压卷之作。

就在这一年冬，一代诗魂陨落，杜甫在从潭州向岳州的途中，死于湘江孤舟上。

滁州西涧

韦应物

独怜^①幽草^②涧边生，上有黄鹂深树鸣。
春潮带雨晚来急，野渡无人舟自横。

【注释】

①独怜：只爱。
②幽草：幽谷里的小草。

【鉴赏】

我独爱自甘寂寞的涧边幽草，却不在意涧上深林里黄鹂正婉转地啼叫。傍晚时，夜雨加上春潮，水势更加湍急，郊野渡口，本来行人稀少，此时更无人，只有渡船在那里随波漂荡。

这是写景的名篇，是诗人任滁州刺史时所作。此诗有无寄托，寄托何意，历来多有争论。我以为此诗是有寓意的，诗人怜爱自甘寂寞、安贫守节的幽草，而以居高媚时的黄鹂作衬，喻其胸襟恬淡，蔑视仕途，意欲归隐，这与诗人的性格和他的其他作品也是相契合的。诗人处在政治腐败的中唐，常为百姓贫困而内疚，有志改革却无力，意欲归隐而不能，进退两难，只好不进不退，任其自然，这也正如随水漂浮的孤舟。总之，诗人思欲归隐，故独怜幽草；无所作为，恰如水急舟横。

枫桥夜泊

张　继

月落乌啼霜满天，江枫①渔火②对愁眠。
姑苏城外寒山寺，夜半钟声到客船。

【注释】

①江枫：江边枫树。

②渔火：渔船上的灯火。

【鉴赏】

　　明月已经西下，乌鸦低沉、嘶哑的叫声回荡在布满寒霜的天地间。江上孤舟渔火与岸边枫树的红叶相映，客居他乡的愁绪搅得我难以入眠。已经半夜了，苏州城外寒山寺的钟声幽幽袅袅飘到我的船边。

　　这是记叙夜泊枫桥的景象和感受的诗。平凡的枫桥，平凡的枫树，平凡的寺庙，平凡的钟声，经过诗人艺术的组合，就构成了一幅意味隽永的江南水乡的夜景图，这诗成了传世名作，此地也成了千古名胜。

寒　食

韩　翃

　　春城无处不飞花，寒食①东风御柳斜。
　　日暮汉宫传蜡烛②，轻烟散入五侯③家。

【注释】

　　①寒食：每年冬至以后的第一百零五天，大概是清明节

的前两天为寒食节。据《左传》载，晋文公火烧森林求介之推，没想到他却宁愿抱着大树被活活烧死，晋国人为了悼念他，每年的这一天禁火，只吃冷食，所以称寒食。

②传蜡烛：虽然寒食节禁火，但公侯之家受赐可以点蜡烛。

③五侯：用来指豪门贵族。

【鉴赏】

暮春时，长安城处处落花飘舞；寒食节，东风吹拂着御花园中的柳枝。黄昏时，皇宫中传出御赐的烛火，袅袅轻烟，飘入了五侯家。

这是一首讽刺诗。寒食节禁火，然而受宠的宦者，却得到皇帝的特赐火烛，享有特权。诗不直接讽刺，而只描摹特权阶层的生活，含蓄巧妙，入木三分。

据唐代孟启所撰的《本事诗》记载，当时因朝中起草制诰一职缺人，中书省提名请御批，德宗批曰：与韩翃。但因这时有两个韩翃，并且同为进士。德宗便批与写"春城无处不飞花"之韩翃。可见此诗颇为唐德宗赏识，成为一时佳话，流传天下。

月　夜

刘方平

更深月色半人家^①，北斗阑干^②南斗斜。
今夜偏知春气暖，虫声新透绿窗纱。

【注释】

①半人家：半个庭院。
②阑干：纵横的意思，这里指星斗横斜。

【鉴赏】

夜半更深，明月西挂，照亮了半个庭院，北斗七星横卧，南斗六星已经倾斜，夜已经深了。今夜，我忽然感到春天温暖的气息，似乎还听到春虫的叫声穿透绿色的窗纱。此诗抒写了作者对大自然物候变化的感受：寥廓天宇，月色空明，星斗阑干，暗隐时辰流转；大地静谧，夜寒料峭，虫声新透，感知春之信息，反映了诗人对春天来临的喜悦之情。此诗构思新颖别致，不落俗套，用语清丽细腻，清新而有情致。

春　怨

刘方平

纱窗日落渐黄昏，金屋①无人见泪痕。
寂寞空庭春欲晚，梨花满地不开门。

【注释】

①金屋：此指妃嫔所住的华丽宫室。汉武帝少时欲金屋藏其表妹阿娇。

【鉴赏】

纱窗上的阳光渐渐淡去，黄昏来临。我独守空房，没有人会看见我伤心落泪。庭院空旷寂寞，不见人来，我的如花容颜像春天的景色就要过去，梨花飘落满地，我怕见到花儿飘零，会勾起我心中无限的愁苦，只好闭门不出。这是一首宫怨诗，这位宫人住在金屋，料她原先也是皇帝的宠妃，从她见落花流泪，可见她是因色衰失宠而生幽怨。

征人怨

柳中庸

岁岁金河①复玉关，朝朝马策与刀环。
三春②白雪归青冢③，万里黄河绕黑山。

【注释】

①金河：即黑河，在今内蒙古自治区内，为黄河的
支流。

②三春：春季，阳春三月。

③青冢：汉代王昭君的坟墓，在今内蒙古自治区。

【鉴赏】

岁岁年年不是驻扎金河，就是转战玉门关，每天不是扬
鞭策马，奔走在边关，就是挥舞着大刀与敌人厮杀。阳春三
月，家乡正是春暖花开的时候，而边塞却气候恶劣，昭君的
墓地上覆盖着皑皑白雪，黄河九曲，环绕着沉沉黑山。

这首诗写征人长期守边，辗转边关，不能还乡的怨情。

以怨为题，却无一"怨"字，而征人厌倦戎马生活的怨情却寄寓其中，"归青冢"即暗示生还无望。善用叠字，令人荡气回肠，句句皆对，语言精工自然。

宫　词

顾　况

玉楼天半①起笙歌，风送宫嫔笑语和。
月殿影开闻夜漏②，水精帘卷近秋河③。

【注释】

①天半：形容玉楼之高。
②闻夜漏：半夜里听着漏滴水的声音，这里指夜深。
③秋河：银河。

【鉴赏】

玉楼高耸云天，阵阵笙歌响彻夜空，随风飘来的还有妃嫔们的欢声笑语。而同在这一轮明月下，这边却是殿门半开，周围一片静寂，只听见夜漏的滴水声，这位孤单的宫女高卷起水晶帘，此时仿佛更加接近天河。

这首宫怨诗与其他宫怨诗不同，是通过对比写出了不得宠的宫女的相思和怨恨。一边是玉楼上笙歌笑语；一边是幽宫里孤凄冷落，深夜不眠。她静听那边君王与嫔妃的调笑声，怎能不生怨恨？一闹一静、一荣一枯的对比，即使不言怨，怨情也早已溢于言表。

古代文人惯以宫女之怨恨来比喻自己不得君王赏识，怀才不遇的悲愤。

夜上受降城①闻笛

李　益

回乐峰前沙似雪，受降城外月如霜。
不知何处吹芦管②，一夜征人尽望乡。

【注释】

①受降城：唐贞观十二年（638），唐太宗亲临灵州接受突厥一部投降，"受降城"之名由此而来。此当指唐代在内蒙古自治区境内的东、中、西三座受降城。

②芦管：用芦叶制作的笛子。

【鉴赏】

　　回乐峰前的沙地在皎洁的月光映照下像雪一样白，受降城外的月色有如秋霜一样凄清。不知何处吹起凄凉的芦管，这一夜征人个个眺望故乡。

　　此诗抒写边防将士的思乡之情。全诗将月色、笛音、思乡之情融为一体，意境浑成，可入画谱曲，是唐代绝句中的佳品。

乌衣巷①

刘禹锡

朱雀桥边野草花②，乌衣巷口夕阳斜。
旧时王谢③堂前燕，飞入寻常百姓家。

【注释】

　　①乌衣巷：在今南京市，晋朝王导、谢安两大家族居住此地，其弟子都穿乌衣，因此得名。

②花：开花。

③王谢：指王导、谢安两家豪门大族。

【鉴赏】

朱雀桥已变得冷落荒凉，桥边长满野花野草，乌衣巷口已成断壁残垣，映照在夕阳之中。从前王谢家族的堂屋早已换了主人，归燕哪知而今飞入的是普通老百姓的家。

这是一首怀古诗。凭吊东晋时南京秦淮河上朱雀桥和南岸的乌衣巷的繁华鼎盛，而今却野草丛生，荒凉满目，感慨沧海桑田，人生多变。以燕栖旧巢唤起人们的想象，含而不露，自有深意，难怪能让白居易"掉头苦吟，叹赏良久"。语虽极浅，味却无限。

春　词

刘禹锡

新妆宜面①下朱楼，深锁春光一院愁。

行到中庭数花朵，蜻蜓飞上玉搔头②。

【注释】

①宜面：脂粉和脸色很匀称，指打扮得很漂亮。

②"蜻蜓"句：暗指这位女子秀发盈香。玉搔头，玉簪。

【鉴赏】

她轻敷脂粉，更显粉面桃腮，她轻移金莲，慢慢走下红楼。

春光虽好，可她独自一人待在这深院，不见有人来，怎不生怨？她移步庭中，点数花朵，借以遣恨解忧，忽然蜻蜓飞来，停在她的玉簪上，唉！唯有蜻蜓欣赏她的秀发盈香。

这是一首宫怨诗，写宫女新妆虽好，却无人见赏。脂粉宜面妆初成，暗香撩人腰肢瘦；桃红柳绿应好景，独锁深院满目愁；无心数花盼人还，一腔幽怨凝心头。美人花中立，蜻蜓绕玉簪，何其冷落。只可惜美人如花，辜负了多少良辰美景。

此诗细腻婉转，堪称妙品。

后宫词

白居易

泪尽①罗巾梦不成，夜深前殿按歌声②。
红颜未老恩先断，斜倚熏笼③坐到明。

【注释】

①泪尽：犹湿透。
②按歌声：给歌声打节拍。
③熏笼：熏香炉子上罩的竹笼。当时贵族妇女常用香料
来熏衣服。

【鉴赏】

夜已经深了，她的泪水湿透了罗巾，无法入眠，听着前
殿传来的节奏轻快的歌声。她红颜尚未衰老，皇恩却已经断
绝，只有独自一人倚着熏笼，一直坐到天明。

诗是代宫女所作的怨词。不眠思君王，前殿传歌声，君
王来无望；红颜不见老，君恩已先断；幻想君来幸，倚笼坐

393

待明。不知她这样坐了多少个通宵，却依然不见君王的影子！

此诗的写作手法与顾况的《宫词》相似，都采用对比手法。一处欢声，一处流泪，不过，到头来都是同样的命运，君王无情啊！

赠内人①

张　祜

禁门②宫树月痕过，媚眼唯看宿鹭窠③。
斜拔玉钗灯影畔，剔开红焰④救飞蛾。

【注释】

①内人：唐代称宫内宜春院的习艺之人为内人。后泛指宫人。

②禁门：宫门。

③窠：鸟窝。

④红焰：指灯芯。

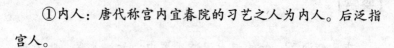

【鉴赏】

夜渐渐深了，月影慢慢地移过宫门和树木，宫苑中，她脉脉含情，凝望着那双栖双宿的白鹭的鸟巢。忽见一只飞蛾扑火，她急忙拔下玉钗，挑开烛芯的红焰救出了飞蛾。

此诗写宫女静夜的孤寂无聊，救飞蛾虽是无意，却颇为有情。

当年入宫，以为是进了福地，其实何尝不是飞蛾扑火，自取毁灭。怜蛾即是自怜，飞蛾尚有人可怜，谁来可怜她呢？

集灵台·其一

张　祜

日光斜照集灵台①，红树花迎晓露开。
昨晚上皇②新授箓③，太真④含笑入帘来。

【注释】

①集灵台：即长生殿，在华清宫中。

②上皇：即太上皇，皇上未死即传位于皇太子，称其为

太上皇，此指唐玄宗。

③篆：道教的秘文。

④太真：杨贵妃为女道士时号太真，住在太真宫。

【鉴赏】

朝阳斜照着华清宫旁的集灵台，树上的红花迎着朝露开放。

昨夜玄宗在这里为杨玉环传授了秘言，太真满面含笑走进了珠帘。

这首诗讽刺杨玉环的轻薄。杨玉环原来是玄宗十八子寿王李瑁的妃子，后玄宗命她为女道士，号太真，进而册封为贵妃。

杨玉环"含笑"入内，自愿为女道士，配合默契，掩人耳目，足见其轻薄风骚。

集灵台·其二

张 祜

虢国夫人①承主恩，平明②骑马入宫门。
却嫌脂粉污颜色，淡扫蛾眉朝至尊。

【注释】

①虢国夫人：杨贵妃三姐的封号，嫁裴氏。

②平明：天刚亮时。

【鉴赏】

虢国夫人受到皇上的恩宠，大清早就骑马进了宫。她嫌脂粉会玷污她的美艳，只是淡淡地描绘了蛾眉便去朝见君王。

这首诗讽刺虢国夫人的骄纵风骚。虢国夫人是杨玉环的三姐，已嫁给裴家，并非"后妃"，却"承主恩"，而且"骑马入宫""朝至尊"。自恃美艳，不施脂粉，足见她的轻佻，也可见玄宗荒淫误国。

题金陵渡

张　祜

金陵津渡小山楼①，一宿行人②自可愁。

潮落夜江斜月里，两三星火③是瓜洲。

【注释】

①小山楼：作者住宿之处。

②行人：旅人，作者自指。

③星火：点点火光。

【鉴赏】

在镇江附近金陵渡口的小山楼上，我一夜不能入眠，心中不由自主地涌起许多忧愁。

推窗远望，月亮西下，江潮退落，隔岸几点星火闪烁，那可能是瓜洲吧。

此诗写旅夜所见之景，清美宁静，但却难免有孤寂之感。有人认为这首诗是作者到京城求官不遂后所作，寄寓怀才不遇落拓失意之情，也有人以为是写乡愁情思的。

宫中词

朱庆馀

寂寂花时闭院门，美人相并立琼轩①。

含情欲说宫中事，鹦鹉前头不敢言。

【注释】

①琼轩：对廊台的美称。

【鉴赏】

阳春三月，百花盛开，本应是热闹非凡，但宫院的大门紧闭，院内是死一般的寂静。有两位娇俏的宫女，相依伫立廊下赏春。赏春本是乐事，然而却因失宠已久，孤寂无聊，心中郁闷，都想谈谈宫中的事情，却担心面前的鹦鹉饶舌，谁也不敢吐露自己心中的苦闷。

这首宫怨诗，构思独特，独辟蹊径。一般宫怨诗中多描述一位孤凄的宫女，而此诗则是两位，足见失宠者并非一人。宫女虽无言，其深重的哀怨和忧愁却暴露无遗。此时无言胜有言。

近试上张水部①

朱庆馀

洞房昨夜停②红烛，待晓堂前拜舅姑③。

妆罢低声问夫婿，画眉深浅入时无。

【注释】

①张水部：即张籍，曾任水部员外郎。
②停：置放。
③舅姑：公婆。

【鉴赏】

昨夜洞房里，花烛彻夜通明。为了等待拂晓拜见公婆，讨公婆欢心，新过门的媳妇打扮好了，轻声问郎君："你看我眉毛画得浓淡可合时尚？"

此诗背后还有一段千古佳话：朱庆馀曾得到张籍的赏识，而张籍又乐于提携后辈。因而朱庆馀在应考前作这首诗献给他，借以征求意见。全诗以"入时无"三字为灵魂。新娘打扮得入不入时，能否讨得公婆欢心，先问问新郎便知，如此精心设问，寓意自明，令人称妙。

张籍在《酬朱庆馀》诗中答道："越女新妆出镜心，自知明艳更沉吟。齐纨未足时人贵，一曲菱歌敌万金。"把朱庆馀比作越州镜湖的采菱女，不仅长得艳丽动人，而且有绝妙的歌喉，这是身着贵重丝绸的其他越女所不能比的。文人相重，酬答皆妙，千古佳话，流芳诗坛。

另外，此诗和与张籍齐名的王建的《新嫁娘》有异曲同工之妙。

将赴吴兴登乐游原^①

杜 牧

清时有味是无能^②，闲爱孤云静爱僧。
欲把一麾江海去，乐游原上望昭陵^③。

【注释】

①乐游原：在长安东南，地居京城高处，可眺望全城。

②"清时"句：意谓在这清平盛世本可大有作为，自己却有此闲情，实因无能的缘故。

③昭陵：唐太宗的陵墓。

【鉴赏】

　　如今是清平可为之世，我却有闲情喜爱浮云的悠闲、僧人的闲静，实在是自己无能的缘故。我就要离京赴任湖州刺史，走之前登上乐游原，远望先帝太宗的陵寝，可惜先皇显赫的文治武功已成为历史。此诗作于唐宣宗大中二年

(848)，当时作者由吏部员外郎出任湖州刺史时作。

赤 壁

杜 牧

折戟沉沙铁未销，自将①磨洗认前朝。
东风不与周郎②便，铜雀③春深锁二乔④。

【注释】

①将：拿起。

②周郎：周瑜，吴军统帅。

③铜雀：铜雀台，汉建安十五年（210），曹操在邺城（今河北临漳县西）所筑，因楼顶有大铜雀而得名。铜雀台是曹操晚年享乐的地方，其姬妾皆在台中。

④二乔：吴国二美女，大乔嫁给孙策，小乔嫁给周瑜。

【鉴赏】

断戟沉没泥沙中不知过了多少年，居然还没有被销蚀，将其锈迹磨洗掉，发现这果然是赤壁之战时遗留下来的。假使当年东风不给周瑜以方便，恐怕东吴已被曹操所灭，而大乔、小乔便要成为俘虏，被曹操锁在铜雀台中。

此诗作于诗人任黄州刺史之时，讥讽周瑜侥幸成功。该诗的构思确实精巧，可是把赤壁之战的胜利归于侥幸，则有失公允。

泊秦淮

杜　牧

烟笼寒水月笼沙，夜泊秦淮近酒家。
商女①不知亡国恨，隔江犹唱后庭花②。

【注释】

①商女：卖唱的歌女。

②后庭花：歌曲名，南朝陈后主所作《玉树后庭花》，其中有歌词："玉树后庭花，花开不复久。"后人以之为亡国之音。

【鉴赏】

　　将小船停泊在秦淮河边的一个酒家附近，这时，水面上烟雾弥漫，沙洲上泛着清冷的月辉。依稀听见对岸有歌女在唱《玉树后庭花》，歌女无知，哪知道这是亡国之音。

　　金陵曾是六朝故都，繁华一时，秦淮河一向是金陵纸醉金迷的地方。诗人目睹如今的唐朝国势日渐衰微，当权者昏庸荒淫，不免要重蹈六朝覆辙，感伤无限。于是借陈后主之典故鞭笞当朝权贵的荒淫，深刻而犀利。

寄扬州韩绰判官

杜　牧

青山隐隐水迢迢[①]，秋尽江南草未凋。
二十四桥[②]明月夜，玉人[③]何处教吹箫。

【注释】

　　①迢迢：形容遥远。

　　②二十四桥：历代注家众说不一，传说古有二十四位美

人吹箫于此，故名二十四桥。

③玉人：指韩绰，含赞美之意。

【鉴赏】

　　天边青山隐隐，连绵起伏，江流千里迢迢，烟波浩渺。时令已过深秋，江南已草木枯萎。扬州二十四桥，想必是月色格外妩媚，老友你在何处欣赏美人吹箫？

　　此诗写江南秋景，实怀念在扬州与故人一起欢悦的时光。杜牧于唐文宗大和七年（833）至九年（835）在扬州淮南节度使牛僧孺幕中任推官、掌书记，此诗写于他离开扬州之后。韩绰是杜牧挚友，在扬州任淮南节度使判官，曾与杜牧一起游乐于烟花柳巷。诗人写此诗也是"厌江南之寂寞，思扬州之欢悦"（谢枋得语）。

遣　怀

杜　牧

落魄①江湖载酒行，楚腰②纤细掌中轻。

十年一觉扬州梦，赢得青楼薄幸③名。

【注释】

①落魄：漂泊。

②楚腰：《韩非子·二柄》记载："楚灵王好细腰，而国中多饿人。"这里借指美人细腰。

③薄幸：薄情，负心。

【鉴赏】

我漂泊江湖，抑郁不得意，常常潦倒在醉乡。在扬州十年，我放浪形骸，沉溺声色，往事不堪回首，就像是做了一场梦，只是在青楼博了个薄情郎的声名而已。

诗人三十一二岁时，曾在扬州任职，此诗便是回忆昔日的放荡生活，悔恨自己的沉沦。此诗和《寄扬州韩绰判官》可互为说明。

秋　夕

杜　牧

银烛①秋光冷画屏，轻罗②小扇扑流萤。

天街③夜色凉如水，卧看牵牛织女星。

【注释】

①银烛：白蜡烛。

②轻罗：柔软的丝织品。

③天街：指皇宫中的走廊。

【鉴赏】

寒冷的秋夜，白色的烛光映照着冷冷清清的画屏，她百无聊赖，手执轻巧的绫罗团扇扑打着飞舞的萤火虫以打发时光，排遣愁绪。

星空中的夜色像井水一般清凉，她夜深不眠，坐在床榻上呆望着星空中的牵牛星和织女星。唉！今夜君王又不会来了。

此诗写失意宫女生活的孤寂幽怨。君王的情义如水般清凉，令人心寒。那牛郎和织女虽然被银河分隔，可每年还能见上一面。

这宫女呀，沦落宫中，花容易逝，薄情的君王，不知几时才能幸临。

赠别·其一

杜　牧

娉娉袅袅①十三余，豆蔻梢头二月初②。
春风十里扬州路，卷上珠帘总不如。

【注释】

①娉娉袅袅：柔美的样子。

②"豆蔻"句：豆蔻到初夏才开花，二月初还是花蕾，含苞待放，此比喻处女，因此后来称十三四岁女子为豆蔻年华。梢头，梢头叶嫩，此比喻少女的娇嫩。

【鉴赏】

你婀娜多姿，体态轻盈，仿佛是二月初含苞待放的一朵豆蔻花。看遍扬州城十里长街的青楼，那卷起珠帘卖俏的佳丽没有一个能比得上你。

诗人在唐大和九年（835）调任监察御史，离开扬州赴任长安，此诗是他与妓女分别时作。诗的内容没有多大意义，但本诗却流传颇广。

赠别·其二

杜 牧

多情却似总无情，唯觉尊①前笑不成。
蜡烛有心还惜别，替人垂泪到天明。

【注释】

①尊：同"樽"，酒杯。

【鉴赏】

我与你就要分别，万千愁绪，不知从何述说，一时竟相
视无言，倒像彼此无情，只是大家举杯饮别的时候，愁容满
面，不见笑容。案头的蜡烛有心，它也叹息你我的惜别，替
我们流泪到天明。

此诗描绘与人在筵席上难舍难分，依依惜别时的情景。
诗人就要离扬州去京赴任，此地一别当作长分离，相顾无
言，面色凄楚，一夜相拥，望蜡烛流泪到天明。

金谷园①

杜　牧

繁华事散逐香尘②，流水无情草自春。
日暮东风怨啼鸟，落花犹似坠楼人③。

【注释】

①金谷园：金谷本地名，在河南洛阳市西北，西晋卫尉石崇筑园于此。

②香尘：据《拾遗记》载，石崇为训练家中舞伎步法，以沉香屑铺象牙床上，让她们践踏，无迹者赐以珍珠。

③坠楼人：指石崇爱妾绿珠。据《晋书·石崇传》记载，权臣孙秀见绿珠貌美，想占有绿珠，石崇怒而不给，孙秀便在赵王（司马伦）前诬陷石崇，石崇因此被捕。绿珠为报答石崇坠楼而死。

【鉴赏】

金谷园昔日的繁华已随沉香烟尘飘散，不复存在。往事随风，恰似流水无情，可是每年春天野草依然碧绿。傍晚，园中鸟儿的悲鸣飘荡在东风里，落花纷纷，仿佛是那石崇的爱妾绿珠从高楼上飘然而下。

　　诗人大概是经过西晋富豪石崇的金谷园遗址触景生情而兴吊古情思。金谷园繁华不再，物是人非，鸟啼哀怨，落花飘落，好像是当年坠楼的绿珠。全诗写景意味隽永，抒情凄切哀婉。

夜雨寄北

李商隐

君问归期未有期，巴山^①夜雨涨秋池。
何当^②共剪西窗烛，却话^③巴山夜雨时。

【注释】

①巴山：泛指川东一带。

②何当：何时。

③却话：回忆往事而谈起。却，回忆。

【鉴赏】

你问我回家的日子，我说还不确定，今晚巴山下着大雨，雨水涨满了秋池。什么时候才能回家，在西窗烛下共同回忆今夜我只身在巴山聆听秋雨的情景。

前两句以问答和对眼前环境的描写，抒发了诗人孤寂的情怀和对妻子深深的思念。后两句设想来日重逢谈心的欢悦，反衬今夜的孤寂。语浅情深，含蓄隽永，脍炙人口，余味无穷，堪为千古绝唱。

寄令狐郎中

李商隐

嵩云秦树①久离居，双鲤②迢迢一纸书。
休问梁园③旧宾客，茂陵秋雨病相如④。

【注释】

①嵩云秦树：指一在洛阳，一在陕西，分别已久。嵩，中岳嵩山，在今河南。秦，指今陕西。

②双鲤：指书信。古乐府《饮马长城窟行》："客从远方来，遗我双鲤鱼。呼儿烹鲤鱼，中有尺素书。"

③梁园：汉梁孝王刘武的园林（遗址在今河南省商丘市），文士如司马相如等都曾在此住过。作者在河南时，深受令狐绹之父令狐楚的赏识，并与其子共游于此。

④"茂陵"句：司马相如因患病，被免除孝文园令，住在茂陵。作者此时也患病。茂陵在今陕西省兴平市东北，以汉武帝陵墓而得名。

【鉴赏】

这是作者于武宗会昌五年（845）闲居洛阳时，寄给长安故友令狐绹之作。令狐绹这时正任右司郎中。诗中以因病免职闲居茂陵的司马相如自比，倾诉潦倒多病，寂寞无聊的心情。今人刘学锴评此诗："有感念旧恩故交之意，却无卑屈趋奉之态；有感慨身世落寞之辞，却无乞援望荐之意；情意虽谈不上深厚浓至，却比较直率诚恳。"这个论断也不失中肯。其实，结合李商隐一生的境遇，我们不难理解此诗，他先提旧情，再说自己现今穷病潦倒，希求援引之意还是有的。"休问"二字为正话反说，是希望令狐绹不要忘了自己和令狐家的旧情。

为 有

李商隐

为有云屏①无限娇，凤城②寒尽怕春宵。
无端③嫁得金龟婿④，辜负香衾事早朝。

【注释】

①云屏：以云母石装饰的屏风。

②凤城：指京城。相传秦穆公之女弄玉，吹箫引凤，以至于无数凤凰集于京城，故曰丹凤城。后用凤城借指京城。

③无端：不料。

④金龟婿：做官的丈夫。唐武则天时，三品以上官员均佩带金龟。

【鉴赏】

因为有云母屏风后无限娇媚的妻子，所以在寒冬已尽，春风送暖之际，京城里的我就忧心忡忡。唉！我是怕娇妻埋怨：怎么嫁给你这个佩带金龟的当官的人？你天不亮就起身去早朝，害得我独守空房，辜负了多少美妙的时光。

这首诗是描写官家夫妇的怨情。寒冬去尽，春风送暖，气候宜人，然而却不能相拥晚起。因为丈夫在朝中做官，每日必须早起上朝，妻子只得独拥香衾，辗转反侧，孤独寂寥。

隋 宫

李商隐

乘兴南游不戒严^①，九重^②谁省^③谏书函。
春风举国裁宫锦，半作障泥^④半作帆。

【注释】

①戒严：依照礼制，皇帝出游时沿途要实行戒严。

②九重：指皇帝居所。

③省：理会。

④障泥：披在马身上遮盖泥土的毡，又叫"马鞯"。

【鉴赏】

  隋炀帝满以为天下百姓都畏威怀德，唯命是从，乘兴南游扬州时竟然不再戒严。他在九重深宫中，一意孤行，刚愎自用，岂会理会臣子们的劝谏。春游中动用全国的劳力裁制的绫罗锦缎，居然一半做了马鞯，一半做了船帆。

  此诗讽刺了隋炀帝的奢侈昏淫，是讽刺诗的名作。隋炀帝的骄奢荒淫令人发指，他曾三下扬州，极尽挥霍奢华，耗费了大量的人力、物力、财力。这首诗揭露了炀帝纵欲拒谏，出游扬州，一意孤行，不顾国家安危和人民死活的独夫民贼的嘴脸，暗示隋朝的灭亡在所难免。

瑶　池①

李商隐

瑶池阿母②绮窗开，黄竹③歌声动地哀。
八骏④日行三万里，穆王何事不重来？

【注释】

①瑶池：传说西王母居处。据《穆天子传》载，周穆王西游至昆仑山，西王母宴之于瑶池。临别，西王母作歌，希望"将子无死，尚能复来"。穆王作歌答之，表示三年后再来。

②阿母：即西王母。

③黄竹：地名，周穆王于黄竹路上，遇风雪，发现路上有冻死的人，乃作诗三首以哀民。

④八骏：据说周穆王有赤骥、华骝、绿耳等八匹骏马。

【鉴赏】

周穆王与西王母约定三年后再相会，如今三年已到，西王母在瑶池上打开雕饰精美的窗子，等候周穆王。

只听见黄竹凄怆的歌声，大地为之悲哀，山河为之呜咽。

西王母心里直犯嘀咕：周穆王的八匹神骏能够日行三万里，为了何事竟违约不来呢？晚唐崇奉道教，迷信神仙之风极盛，好几个皇帝因迷信长生不老而乱服丹药致死。

这首诗虚构了西王母盼不到周穆王重来，暗示穆王已故的故事情节，并揭示死亡是不可避免的，求长生不死是荒谬的。

417

诗人不做正面议论，却以西王母心中的疑问作为诘问，意在言外，构思巧妙，讽刺含蓄。

嫦 娥

李商隐

云母屏风烛影深①，长河②渐落晓星沉。
嫦娥应悔偷灵药③，碧海青天夜夜心。

【注释】

①深：暗。

②长河：银河。

③"嫦娥"句：嫦娥是神话中后羿之妻，后羿从西王母处求得不死之药，嫦娥偷吃后，遂奔月宫。早知道天上如此寂寞冷清，嫦娥也要懊悔，不该偷药奔月了。

【鉴赏】

蜡烛在云母屏风上投下浓浓的阴影，银河渐渐西斜，启明星也慢慢下沉。嫦娥想必悔恨当初偷吃不死仙丹。如今虽已成仙，但从此幽居广寒宫，每个夜晚都只有独自面对碧海青天，孤苦寂寞，无以排解。

此诗也是众说纷纭，各家看法不一。笔者以为当是歌咏幽居独处，终夜不眠的女子。语言蕴藉，情调感伤。

贾 生^①

李商隐

宣室^②求贤访逐臣^③，贾生才调^④更无伦。
可怜夜半虚前席，不问苍生^⑤问鬼神。

【注释】

①贾生：指西汉贾谊，才高志大，曾任太中大夫。

②宣室：汉未央宫前正室。汉文帝召见贾谊之处。

③逐臣：此指曾被贬谪的贾谊。

④才调：才气。

⑤苍生：指百姓。

【鉴赏】

　　汉文帝思念贤才，在宣室召见被贬谪的贤臣贾谊，向他求教。贾谊的才华无与伦比，君臣谈至深夜，文帝依旧兴致盎然，听得津津有味，不自觉地向前挪动双膝靠近贾谊，可惜文帝询问的并不是民生大计，而是一些关于鬼神的事情。

　　汉文帝在宣室召见贾谊，倾谈至夜半。文帝果真"求贤"？非也，他只是"不问苍生问鬼神"而已。诗人借古讽今，讽刺了昏庸无道的晚唐皇帝服药求仙，荒于政事，不能任贤，不顾民生。同时，诗人也借贾谊的遭遇，抒发了自己怀才不遇的感慨。

瑶瑟①怨

温庭筠

冰簟②银床③梦不成，碧天如水夜云轻。
雁声远过潇湘去，十二楼中月自明。

【注释】

①瑶瑟：用玉装饰的瑟。

②冰簟：喻竹席之凉。

③银床：指月光照射到床上。

【鉴赏】

银白的月光流淌在铺着凉席的牙床上，本来希望能在梦中与他相会，却偏偏难以成梦。澄碧的天空，夜色如水，云絮轻轻地飘荡在月亮的旁边。大雁飞过，消失在茫茫夜空，雁群是向潇湘飞去了，却没有他的音信，她只有独立高楼，怅望空中冷月，洒着寒光。

此诗是写女子独处的悲怨，大雁无情，远啼而去，只留下冷月高楼，伊人独憔悴。

马嵬坡

郑 畋

玄宗回马①杨妃死，云雨难忘日月新②。

终是圣明天子事，景阳宫井又何人③。

【注释】

①回马：指唐玄宗由蜀返回长安。

②"云雨"句：意谓玄宗、贵妃之间的恩爱虽难忘却，国家却已焕然一新。

③"景阳"句：陈后主叔宝，闻隋兵至，偕其宠妃张丽华、孔贵嫔出景阳殿，自投井中，至夜仍为隋兵所俘。

【鉴赏】

唐明皇自蜀返回京城时途经马嵬坡，杨贵妃早已香消玉殒，尽管唐明皇难忘两人的恩爱，但时代已在更新。唐明皇在马嵬坡赐死宠妃，虽非情愿，但总算是圣明之举，不似陈后主国破家亡，与宠妃躲进景阳宫井，成为隋军的俘虏。

天宝十五年（756）六月，安史乱军攻陷潼关，长安危急，玄宗仓皇逃往蜀地，道经马嵬坡，六军驻马哗变，杀奸相杨国忠，逼玄宗赐死贵妃。这就是历史上的"马嵬事变"。

诗人通过对比唐玄宗和陈后主，抑扬分明，歌颂了唐玄宗英明果断，能在马嵬坡"大义灭亲"，听从将士的要求赐杨玉环自缢。

连蘅塘退士也认为"唐人马嵬诗极多，惟此首得温柔敦厚之旨"。

已　凉①

韩　偓

碧阑干外绣帘垂，猩色②屏风画折枝③。
八尺龙须④方锦褥，已凉天气未寒时。

【注释】

①已凉：以末句头两字为题，与李商隐《为有》以首
句头两字为题一样，都与内容无关。

②猩色：猩红的颜色。

③折枝：特指花卉画中只画连枝折下的部分的一种
技法。

④龙须：属灯芯草科，茎可织席。

【鉴赏】

碧绿的栏杆外，绣花帘子低垂着，猩红色的屏风上，画
着曲折的花枝。绣床上铺着八尺龙须席和锦被缎褥，这时正
是天气转凉，又还未到寒冷之时。

此诗只是描写一间华丽精致的闺房，并点明此时正是一年中最舒适的"已凉未寒时"，暗示了这闺房主人的思春情怀。

蘅塘退士说："此亦通首布景，并不露情思，而情愈深远。"此论颇有见地。

金陵图

韦　庄

江雨霏霏①江草齐，六朝如梦鸟空啼。

无情最是台城②柳，依旧烟笼十里堤。

【注释】

①霏霏：雨细密的样子。

②台城：又称禁城，在南京玄武湖边，原为六朝时城墙。

【鉴赏】

春雨霏霏洒落江中，芳草萋萋绵延两岸，六朝繁华早已成梦，只剩下鸟雀空自鸣啼。最无情的还是台城外的垂柳，任凭古今兴亡、人世沧桑，依旧年年吐绿，轻烟般地笼罩着十里长堤。

这是一首凭吊六朝古迹的诗。六朝均建都南京，当时的南京被称为东南第一州，为天下最繁盛之处。然而，如今却是一派衰败景象。六朝往事如梦，风物依旧，人世沧桑，寄托了诗人对唐朝衰微的悲叹。

陇西行①

陈　陶

誓扫匈奴不顾身，五千貂锦②丧胡尘。
可怜无定河边骨，犹是春闺③梦里人。

【注释】

①陇西行：乐府旧题，属《相和歌辞·瑟调曲》，写边塞征战之事。

②貂锦：汉代羽林军身着貂裘锦衣，指精锐之师。

③春闺：这里指战死者的妻子。

【鉴赏】

唐军将士誓死横扫匈奴，个个不畏牺牲奋勇当先，战争异常惨烈，五千精兵良将战死沙场。真是可怜哪，那无定河边累累白骨，还是妻子在闺中日思夜想的人哪。

诗的末句震撼人心，令人潸然泪下，是千古名句，表达了诗人的非战思想。

寄　人

张　泌

别梦依依到谢家①，小廊回合曲阑斜②。
多情只有春庭月，犹为离人照落花③。

【注释】

①谢家：这里用来指情人所居之处。

②"小廊"句：指梦中所见景物。回合，回绕。

③"多情"二句：指梦后所见。离人，指作者本人。

【鉴赏】

离别后，日夜思念，梦里依稀又来到你家，与你幽会在走廊的隐深处。醒来只见庭前多情的明月，还在为我照着满地的落花。

传说张泌早年与邻女浣衣相爱，后多年不得相见，却于梦中相遇，乃作此诗。

与情人别后，梦中重聚，还是旧时环境，两情缱绻；明月有情，落花有恨，却不见伊人。此诗写诗人感情上的困扰，含蓄深沉，曲折委婉，情真意切。

从诗中看来，浣衣可能是诗人的初恋情人，诗人当年也许就像张生一样月夜翻墙，与浣衣幽会在她家的曲廊深处。

杂 诗

无名氏

近寒食①雨草萋萋，著②麦苗风柳映堤。
等是有家归未得，杜鹃③休向耳边啼。

【注释】

①寒食：寒食节在清明节的前一天或两天。寒食节将至，也就是说清明节将至。

②著：吹入。

③杜鹃：鸟名，即子规。旧说其声凄厉，好像在呼唤"不如归去"，因此，常常触动游子的思乡之情。

【鉴赏】

杜鹃啊！不要在我耳边不停地呼唤"不如归去"，勾起我想家的心意，难道你不知道我是有家难归吗？此诗写游子思家，欲归不得，却怪杜鹃的啼叫让自己想家，手法上颇为独到，也更见游子的思乡之苦难以排解。

塞上曲

王昌龄

蝉鸣空桑林①，八月萧关道。

出塞入塞寒，处处黄芦草。

从来幽并客，皆共尘沙老。

莫学游侠儿②，矜夸③紫骝④好。

【注释】

①空桑林：指秋天桑林叶落，变得空疏。

②游侠儿：指恃武勇、逞意气而轻性命的人。

③矜夸：自夸，自恃。

④紫骝：骏马名。杨炯《紫骝马》载有："侠客重周游，金鞭控紫骝。"

【鉴赏】

已是八月中秋，桑叶凋零，寒蝉凄切，萧关道上征人如织，正是收获的季节。北方少数民族侵略者常在此时举兵入关，掠夺粮食，塞上形势又是剑拔弩张。塞内塞外已浸透在阵阵寒气之中；关内外，满目萧索，遍地都是枯黄的芦草。居住在幽州、并州的健儿，为了保家卫国，早已习惯戎马生涯，一生驰骋在茫茫黄沙之中。莫学那自恃勇武的游侠儿，只是自鸣得意地把自己的骏马夸耀，却不知报国沙场，杀敌立功。

好男儿，报效国家，征战沙场，即使黄沙伴老、马革裹尸，又有何憾？不少文人墨客写征人之苦，怨妇之愁，多凄凄惨惨切切，少有意气风发，激扬士气之作。可天下兴亡，匹夫有责。国家危难之际，焉能怀香搂玉，为暖美人心，任凭烽火连天，生灵涂炭？少小读孔孟，闻鸡舞榆下。榆已入云天，君当披金甲。

塞下曲

王昌龄

饮马渡秋水，水寒风似刀。

平沙日未没，黯黯①见临洮②。

昔日长城战，咸③言意气高。

黄尘足④今古，白骨乱蓬蒿⑤。

【注释】

①黯黯：同"暗暗"，昏暗，隐隐约约的样子。

②临洮：今甘肃岷县一带，地临洮水而得名，是秦长城的西起点。

③咸：都。

④足：充塞。

⑤蓬蒿：野草。

【鉴赏】

今朝我军饮马北河，塞外奇寒，水冷刺骨，风劲如刀。广袤的塞外荒漠上，夕阳还未落下，昏暗中还可见刚刚攻下的临洮城。长城内外历来鏖战频繁，戍边战士的意气高昂，为国捐躯，可歌可泣。从古至今，这黄尘堆里、蓬蒿丛中，有多少战死者的累累白骨呀！

该诗影射唐将薛讷、王晙率兵马饮马北河，转战北方疆场。边塞将士保家卫国，不畏艰辛，战死沙场，当然可歌可泣，但对于有些将领好大喜功，为求个人功名，大肆攻掠，置兵士生死于不顾，致使血浸白草、尸骨成丘的现象，诗人则有异议。

关山月

李 白

明月出天山①，苍茫云海间。

长风几万里，吹度玉门关②。

汉下白登③道，胡④窥青海湾。

由来征战地，不见有人还。

戍客望边邑，思归多苦颜。

高楼⑤当此夜，叹息未应闲。

【注释】

①天山：甘肃西北部的祁连山。戍守将士驻扎在天山之西，所看到的明月自然从天山上升起。

②玉门关：在今甘肃敦煌市阳关西北，是古代通往西域之要道。

③白登：山名，位于山西大同东面。汉高祖刘邦曾率兵与匈奴交战，被匈奴冒顿率精兵四十万围困于此山达七日之久。

④胡：这里指吐蕃。

⑤高楼：指住在高楼中的戍客之妻。

【鉴赏】

云海茫茫，天山之巅，皎洁的月亮当空朗照。长风浩荡，掠过关山万里，吹过玉门关。当年汉高祖刘邦率兵亲征，白登道上汉军旌旗林立，而今边尘未曾肃清，胡人又觊觎青海大片河山。这里自古以来就是刀光剑影，两军厮杀的战场，参战的将士从不见有人生还。守卫边陲的征夫遥望边城，怀归故里，哪个不是愁容满面？今夜高楼上望月思夫的妻子们，又该是当窗不眠，彻夜叹息。

　　"由来征战地，不见有人还"与王昌龄的"黄尘足今古，白骨乱蓬蒿"有异曲同工之妙，凄凉而悲壮。其实，有国家，就会有边防，有边防，自然就会有戍边的将士，抒写戍边将士之苦就成了永恒的主题。

子夜吴歌

李　白

长安一片月，万户捣衣①声。
秋风吹不尽，总是玉关情。
何日平胡虏②，良人③罢远征。

【注释】

①捣衣：这里指人们在深秋时准备寒衣。

②虏：对敌方的蔑称。

③良人：古时妻子对丈夫的尊称。

【鉴赏】

　　秋夜凄清，明月当空，皎洁的月光笼罩着长安古城，家家户户传来捣衣的声音。秋风又起，长安城寒意初透，那北地边塞一定已是寒风凛冽，大雪纷飞了吧？妻子独居在家，年年做新衣，日日盼君归，她的思念，犹如这从北方边陲吹来的秋风，长驱千里，无穷无尽。含泪倚绮窗，秋风乱秀发，夜深不能寐，泪滴映月华。这战争何日才是尽头？北方虏骑的侵扰何日才能平息？夫君哪，你何时才能把家还？

　　为人之妻，在寒冷季节即将到来之时，又忙着为远在边关的夫君做冬衣，只可惜岁岁做新衣，不见夫君归。羹汤已熬好，清香绕鼻，本想举案齐眉，却是堂前空空。夫君哪，只盼你早日凯旋，为我将那新衣试遍。

长干行

李　白

妾发初覆额，折花门前剧^①。
郎骑竹马来，绕床^②弄青梅。

同居长干里，两小无嫌猜。

十四为君妇，羞颜未尝开。

低头向暗壁，千唤不一回。

十五始展眉③，愿同尘与灰。

常存抱柱信④，岂上望夫台⑤。

十六君远行，瞿塘滟滪堆。

五月不可触，猿声天上哀。

门前迟行迹，一一生绿苔。

苔深不能扫，落叶秋风早。

八月蝴蝶黄，双飞西园草。

感此伤妾心，坐愁红颜老。

早晚下三巴，预将书报家。

相迎不道远⑥，直至长风沙⑦。

【注释】

①剧：戏耍。

②床：井栏杆。

③展眉：舒展蹙皱的双眉，表示高兴。这里指懂得人事，不再害羞。

④抱柱信：据《庄子·盗跖》载，一男子，名叫尾生，与一女子约会于桥下，女子未来，潮水却至，尾生抱桥柱而不肯离去，被水淹死。后用此来比喻信守诺言、忠贞不贰。

⑤望夫台：丈夫久出不归，妻子便登台远眺，化为望夫石，此台即称望夫台。

⑥不道远：不会嫌远。

⑦长风沙：地名，在今安徽安庆市东的长江边上，距南京五百里，极湍险。

【鉴赏】

我的刘海刚刚盖到前额的时候，常折一枝花在门前嬉戏。郎君你常跨着竹竿当马骑来，与我绕着井栏杆投掷青梅玩乐嬉戏。咱俩都住在长干里，两颗天真幼稚的心灵从不曾相互猜疑。

十四岁那年，我正值豆蔻年华，与君结发为夫妇，成亲之时，我羞得不敢抬头。一个人低着头向着昏暗的墙角，任你千呼万唤也不肯回头看你一眼。

十五岁才初晓人事，不再羞怯，眉宇间洋溢着新婚的甜蜜，一心想与你白头偕老，直到化作尘埃。夫君你有尾生抱柱那样的诚信，要一生坚守我们的山盟海誓，生生世世，长相厮守，永不分离，我又何曾想过会登上令人肠断的望夫台。

十六岁那年，夫君你却要离开我外出经商，此去要经过瞿塘峡那可怕的滟滪堆。现在正是五月，长江水涨湍急，滟滪堆早已没入水中，船只十分容易撞上，一旦触礁，必定船毁人亡，夫君呀，你叫我好担心呀！那长江两岸的猿啼，凄切悲凉，响彻云霄，令人揪心断肠。

夫君你离去时也是依依不舍，那门前留下你踽步离去的足迹，日子久了，都长满了青苔。苔藓长得太厚，已不能清扫。

今秋来得早，风吹落叶，黄叶纷飞，悲切伤妾心。八月秋高，粉黄的蝴蝶在西园中双飞双栖。此情此景怎不叫我悲伤，我纵有千种风情，更与何人说？唉！终日忧愁，红颜早衰。

夫君，你哪一天离开三巴准备返乡，一定要写封家书回来。我一定要出门远迎，不在乎路途遥远，我要赶七百里路，去那长风沙迎候你。

唉！好一个多情女子，自古商人重利轻别离，徒让贤妻牵肠挂肚。女子至纯至洁，不染半点尘埃，与夫君青梅竹马，两小无猜；结为连理，相濡以沫。夫君远行，门前生苔，断无他人涉足，只一心想着他、盼着他、等着他。问世间情为何物，直教人生死相许。

列女操

孟 郊

梧桐①相待老，鸳鸯会②双死。

贞妇贵③殉夫，舍生亦如此。

波澜誓不起，妾心井中水④。

【注释】

①梧桐：传说梧为雄树，桐为雌树，其实梧桐树是雌雄同株。

②会：总是。

③贵：崇尚。

④井中水：井水波澜不起，这里用来比喻人心不会动摇。

【鉴赏】

我要像高洁的梧树和桐树枝叶相盖一样，和夫君厮守到终老，像水中的鸳鸯成双成对，与夫君至死相随。贞洁的妇女贵在为丈夫殉节，即使舍弃自己的生命也应该如此。我对天发誓，我心永远忠贞不渝，就像清净的古井水，风再大也掀不起任何波澜。

这是一首颂扬贞妇烈女的诗。有人说它是维护封建礼教道德的，是属于封建糟粕，应予批判。其实并不尽然，至少此诗所描写的那种生死相随的爱情是值得称道的。

游子吟

孟 郊

慈母手中线，游子身上衣。

临行密密缝，意恐迟迟归。

谁言寸草心①，报得三春晖②。

【注释】

①寸草心：指小草生出的嫩芽，也象征儿女孝心。寸草，小草。

②三春晖：指春天的阳光，也用来象征母爱。三春，指孟春、仲春、季春。晖，阳光。

【鉴赏】

慈母手里把着针线，为就要出门的孩子缝制衣裳，临行时，一针一线，针脚缝得又细又密，担心孩子出外太久，难得回归。谁能说孩子像小草那样微不足道的孝心，就可以报答慈母春晖般的恩情？

这是一首母爱的颂歌。诗中歌颂了世界上最无私、最伟大的爱——母爱。母子连心，这世上最难割舍的就是骨肉亲情。孩子就要远行，母亲无语也无泪，默默地将万般怜爱、千种担心，都一针一线地缝进这游子身上的衣裳。子女纵有真挚的孝心，也不能报慈母恩情之万一。全诗无华丽的辞藻，亦无巧琢雕饰，质朴的语言中饱含深情，千百年来打动过多少游子的心。

燕歌行·并序

高 适

开元二十六年，客有从元戎^①出塞而还者，作《燕歌行》以示适。感征戍之事，因而和焉。

汉家烟尘在东北，汉将辞家破残贼。

男儿本自重横行，天子非常赐颜色^②。

拟^③金伐鼓下榆关，旌旆逶迤碣石间。

校尉羽书飞瀚海，单于猎火照狼山。

山川萧条极边土，胡骑凭陵^④杂风雨。

战士军前半死生，美人帐下犹歌舞。

大漠穷秋塞草衰，孤城落日斗兵稀。

身当恩遇常轻敌，力尽关山未解围。

铁衣远戍辛勤久，玉箸⑤应啼别离后。

少妇城南欲断肠，征人蓟北空回首。

边风飘飘那可度，绝域苍茫更何有。

杀气三时作阵云，寒声一夜传刁斗。

相看白刃血纷纷，死节从来岂顾勋？

君不见沙场征战苦，至今犹忆李将军。

【注释】

①戎：主帅。一作"御史大夫张公"，指幽州节度副使张守珪。

②赐颜色：即赏脸，给予恩遇。此指赏识、重视。

③扰：用手或器具撞击物体。

④凭陵：仗势欺凌。

⑤玉箸：旧喻妇女的眼泪。这里借指闺中少妇。

【鉴赏】

唐玄宗开元二十六年（738），有个朋友跟随主帅出征塞外回来，写了一首《燕歌行》给我看。我感慨于边疆战守之事，因而写了这首《燕歌行》与之唱和。

东北边境烽烟四起，尘土飞扬，遮天蔽日，将领们为了扫平凶悍残暴的敌人，辞别家人奔赴前线。好男儿本来就应该纵横驰骋于沙场，为国戍边，建立功勋；汉家天子对这种英雄气概格外嘉许。军队敲锣打鼓，浩浩荡荡进发山海关，旌旗如林，蜿蜒不断于山间。校尉从大沙漠送来了紧急军文，说单于已把战火蔓延到内蒙古的狼山。

连绵起伏的山川一片萧条，延伸到边境的尽头；入侵的敌骑来势凶猛，犹如狂风骤雨。战士在前线英勇杀敌，死伤过半；将军还在营帐中观赏美人轻歌曼舞。北方荒漠到了秋末，到处都是衰草萋萋；暮色降临，守卫孤城的士兵死伤无数，还能作战的守兵已为数不多。将士身受皇恩，面对强敌，毫无惧色，尽管竭力死战，仍未能解除关山的重重包围。身着铁衣的战士，长年驻守边防，历尽艰辛；独守空闺的妻子思念远在边关的丈夫，常常以泪洗面。长安的少妇，思念夫君，想必早已肝肠寸断；远在蓟北的征人，回望故乡，关山阻隔，那也是徒然。

边疆寒风凛冽，怎能飞越；远离中原的大漠旷远迷茫，难辨东西。整天都杀气腾腾，战云弥漫，夜里频传的刁斗声令人心惊胆寒。战士目光迷惘，盯着战友的战刀上纷纷鲜血；自古为国捐躯，尽忠死节的战士哪还能顾及论功行赏。君不见，沙场征战是如此艰苦，怎不教人至今仍然怀念西汉时与士卒同甘共苦的"飞将军"李广。

全诗简练地描写了一次战争的全过程，讽刺和愤恨不体恤战士的将领。同时，讴歌战士们为国杀敌出生入死、视死如归的英雄气概，并反映士兵与将领之间苦乐不同的现实。该诗是边塞诗的名篇，雄健激越，慷慨悲壮，千古传诵。

边塞凄凉，战争残酷，征人盼归，可是，"战士军前半死生"，又有多少春闺梦里人战死沙场，成为大漠上的孤魂野鬼。我们不能只看到战场上为国捐躯的英雄，他们的家人经受的痛苦更大。

古从军行

李 颀

白日登山望烽火，黄昏饮马傍交河①。
行人刁斗②风沙暗，公主琵琶③幽怨多。
野云万里无城郭，雨雪纷纷连大漠。
胡雁哀鸣夜夜飞，胡儿眼泪双双落。
闻道玉门犹被遮，应将性命逐轻车。
年年战骨埋荒外，空见葡萄入汉家！

【注释】

①交河：汉代车师国首府，在今新疆维吾尔自治区吐鲁番西北，因河水分流环绕城下而得名。

②刁斗：古行军用具，夜鸣之以警众报时。

③公主琵琶：汉武帝时，江都王刘建的女儿细君公主远嫁乌孙国王昆弥，恐其途中烦闷，让乐工带琵琶以娱之。此处借指边地荒凉，戍人哀怨。

【鉴赏】

戍边的士卒白天要登上山峦观望报警的烽火；黄昏还要牵马到交河旁去饮水。边卒在风沙中夜行，只能根据刁斗的声音来判别方向。边地荒凉，戍人的心好像当年细君公主下嫁异邦，在途中弹起的琵琶声，幽怨凄凉。

边地是一望无际的荒漠，只有这座孤营，看不见城郭。雨雪纷纷弥漫天地，和大漠连成了一片。胡雁南飞，凄厉的哀鸣声夜夜划破边地的长空，雁南归，人不还，戍卒不禁眼泪双垂，大漠一片凄迷。

听说玉门关仍被朝廷的重兵封阻，我们这些士兵只有追随主帅亡命沙场。塞外荒漠每年不知埋下了多少战士的遗骸，这些春闺梦中的人啊，已成了他乡的孤魂，游荡在塞外荒野。每年牺牲这么多士卒，所换来的不过是西域的葡萄种进了汉家的宫苑。

　　全诗记叙从军之苦，充满反战思想。借汉皇开边，讽玄宗用兵。万千尸骨埋于荒野，仅换葡萄归种中原，足见君王之草菅人命。一将功成万骨枯，那拜将台是用累累白骨搭建起来的。朝廷穷兵黩武，将会有多少老父老母晚年丧子，多少闺中女子少而守寡，多少儿童幼而丧父，帝王岂知晓民间的疾苦。战争的每一方都会动用一切舆论工具鼓吹自己是正义之师，但遭殃的终是百姓。

洛阳女儿行

王　维

洛阳女儿对门居，才可①颜容十五余。

良人玉勒乘骢马，侍女金盘脍鲤鱼。

画阁朱楼尽相望，红桃绿柳垂檐向。

罗帷送上七香车，宝扇迎归九华帐。

狂夫②富贵在青春，意气骄奢剧③季伦④。

自怜碧玉亲教舞，不惜珊瑚持与人。

春窗曙灭九微火，九微⑤片片飞花璅。

戏罢曾无理曲时，妆成只是熏香坐。

城中相识尽繁华，日夜经过赵李家⑥。

谁怜越女颜如玉，贫贱江头自浣纱。

【注释】

①才可：恰好。

②狂夫：狂放骄纵的丈夫。古时妻子自称其丈夫的谦辞。

③剧：甚，超过。

④季伦：石崇，字季伦，晋朝有名的富豪。

⑤九微：古代的一种灯具。这里用来比喻灯具高雅精美。

⑥赵李家：汉成帝的皇后赵飞燕、婕妤李平两家。这里泛指贵戚之家。

【鉴赏】

我家对门住着一位十五六岁的洛阳女子，正值如花似玉的年龄，容貌十分娇美。她的丈夫骑的是青白色的玉勒宝马，一日三餐有侍女用黄金盘端上烹制精细的鲤鱼片之类的美食。家中雕梁画栋的楼阁遥遥相望，檐前尽是翠绿的柳枝与粉红的桃花。她出行时乘坐的是七种香木制成的车子，上面挂着丝织的帷幔，在风中飘扬；归来时，奴婢们举着华丽的羽扇接她回到花团锦簇的罗帐里。她丈夫年纪轻轻就有钱有势，意气骄奢，连像石崇那样的豪富都不放在眼里，即使拿贵重的珊瑚树送人也毫不迟疑。他爱怜妻子，亲自教她跳舞，他们彻夜寻欢作乐，直到破晓才熄灯，一片片灯花落在了雕花的窗格上。她成天游戏玩乐，也懒得下功夫去练习曲子。梳妆完了就坐在炉旁等着熏香衣裳，好打发时光。她家结识的都是城里的豪门大户，经常往来的都是贵戚之家。有谁会可怜那花容月貌的越女，因出身寒微，只得独自一人在江边浣纱。

同是如花的女子，为何境遇悬殊如此之大，因为一个出身富贵，一个出生寒微。同是栋梁之材，为何有的执笏朝堂，有的见弃山林，这便是命运的不公，佞臣当道，圣听闭塞啊！

老将行

王　维

少年十五二十时，步行夺得胡马骑^①。
射杀山中白额虎，肯数邺下黄须儿^②。
一身转战三千里，一剑曾当百万师。
汉兵奋迅如霹雳，虏骑崩腾畏蒺藜。
卫青不败由天幸，李广无功缘数奇。

自从弃置便衰朽，世事蹉跎成白首。

昔时飞箭无全目③，今日垂杨生左肘。

路傍时卖故侯瓜，门前学种先生柳。

苍茫古木连穷巷，寥落寒山对虚牖。

誓令疏勒出飞泉，不似颍川空使酒。

贺兰山下阵如云，羽檄交驰日夕闻。

节使三河募年少，诏书五道出将军④。

试拂铁衣如雪色，聊持宝剑动星文。

愿得燕弓射大将，耻令越甲鸣吾君。

莫嫌旧日云中守⑤，犹堪一战立功勋。

【注释】

①"步行"句：汉名将李广，为匈奴骑兵所擒，广当时已受伤，押送途中见一胡儿骑良马经过，便一跃而上，将胡儿推在地下，疾驰而归。

②"肯数"句：岂可只算黄须儿才是英雄。邺下黄须儿，指曹操第二子曹彰，须黄色，性刚猛，曾亲征乌桓，颇为曹操看重，曹操曾持其须曰："黄须儿竟大奇也。"

③飞箭无全目：《帝王世纪》中曾记载，羿与吴贺北游，吴贺让羿射雀，羿问要死的还是要活的，吴贺要羿射其左目。羿引弓射之，却误中右目。羿惭愧地低下了头，终生不忘。此指箭法精熟，箭发则鸟雀双目不全。

④ "诏书" 句：典出《汉书·常惠传》："汉大发十五万骑，五将军分道出。" 指皇帝诏令众将军分道出兵。

⑤ "莫嫌" 句：据《汉书·冯唐传》记载，汉文帝时名将魏尚任云中太守时，深得军心，匈奴远避，后因小事获罪，被削去爵禄，逮捕问罪。冯唐挺身而出，责文帝 "虽得廉颇、李牧，弗能用也"。文帝纳其谏，令冯唐赦免魏尚，官复原职。

【鉴赏】

十五到二十岁时，我青春年少，即便是徒步，也能夺取胡人的战马。我还曾经射杀山中的白额虎，难道只有邺下的黄须儿才算英雄吗？一身戎马倥偬，身经百战驰骋疆场三千里，曾凭利剑一柄，抵挡了敌军百万雄师。我汉军声势迅猛如惊雷霹雳，虏骑互相践踏是怕踩上我军布下的铁蒺藜。卫青百战百胜是由于天神相助，李广将军未能封侯却是由于命运不济。

我自从被摒弃不用便开始日渐苍老衰朽，光阴荏苒，岁月蹉跎，转眼白头。当年可以像后羿飞箭射中鸟雀的眼睛，如今久不操弓左肘生了瘤，已经变得僵硬，不再灵活有力。只好与东陵侯一样流落为民，路旁卖瓜，也只好学陶渊明在门前种上绿杨垂柳，自我麻木，无所事事。古树苍茫一直延伸到我居住的深巷，冷寂的窗牖空对着寥落寒山。但我壮心不已，发誓要学耿恭在疏勒祈井得泉，绝不学颍川人灌夫借酒使性，牢骚满腹。

如今边关烽火又起，贺兰山下将士们列阵如云，告急的军书日夜频传。持节的使臣去三河地区招募兵丁，诏书命令大将军分五路出兵。我这个老将也要冲锋陷阵，把铁甲擦得如白雪般光亮，再度拿起旧日的宝剑，剑上的七星纹闪闪发亮。但愿得到燕地的好弓，再将敌将射杀，绝不让敌人甲兵惊动了国君，那是我等大丈夫的耻辱。莫嫌我老了，就如同当年的云中老将，我还能横刀跨马，为国立功。

烈士暮年，壮心不已，可敬，可叹。但本诗用典太多，犹有不切意者，晦涩难解，太不足取。

桃源行

王　维

渔舟逐水爱山春，两岸桃花夹古津。
坐看红树不知远，行尽青溪忽值人。
山口潜行始隈隩①，山开旷望②旋平陆。
遥看一处攒云树③，近入千家散花竹。
樵客④初传汉姓名，居人未改秦衣服。

居人共住武陵源，还从物外起田园。

月明松下房栊静，日出云中鸡犬喧。

惊闻俗客争来集，竞引还家问都邑。

平明闾巷扫花开，薄暮渔樵乘水入。

初因避地去人间，更问神仙遂不还。

峡里谁知有人事，世中遥望空云山。

不疑灵境难闻见，尘心未尽思乡县。

出洞无论隔山水，辞家终拟长游衍⑤。

自谓经过旧不迷，安知峰壑今来变。

当时只记入山深，青溪几度到云林。

春来遍是桃花水⑥，不辨仙源何处寻。

【注释】

①隈隩：山崖的幽曲处。隈，山或水弯曲的地方。

②旷望：指视野开阔。

③攒云树：云树相连。攒，簇拥、围聚、聚集。

④樵客：此指渔人。古时渔樵并称。

⑤游衍：流连不归。

⑥桃花水：春水。

【鉴赏】

因喜爱这满山的春色，渔人便顺水行舟，古老的渡口两岸开满了艳丽的桃花。只因贪看满山的桃红，竟忘记已经越走越远，行至青溪尽头，才发现此地渺无人烟。忽然看见一个幽曲的山洞，渔人便弃舟，屈身前行，走了没多远就看见了宽阔的平地，远远望去一片高大的树林缭绕着云雾，走近了却发现是千家万户散落在繁花茂竹间。这里的人们还是第一次听渔人谈起汉朝的名字，居民都还保留着秦代的穿着。他们在这世外仙境建起了自己的家园。明月松间照，庭户一片清静，日出云开时，到处都是鸡啼犬吠。听说来了世外的客人，大家都来看个究竟，争先恐后地邀请渔人到自己家中做客，打听外面的情况。天一亮，他们就开门打扫街头巷尾的落花，傍晚，渔人樵夫乘小船回到山村。原来他们当初是因为躲避祸乱，才离开人间，来到这里，便成了神仙，也就不想回去了。因为村庄地处深山峡谷，谁也不知道人世间的事，从外面看这里也只能看见云遮雾罩的远山。渔人并非不知这仙境是难得一见的，只是尘心未尽，住了一段日子，仍然思念家园。渔人走出洞中仙境，又想不管山水如何远隔，终有一天他要辞别家人，再来此地长游。渔人自以为他将路径记得很清楚，却不想故地重游时，这山峦沟壑已不同旧时。当时只记得进入山中后很远很深，沿着九曲回转的青溪，几经转折才到了云中山林。又是春天好时光，遍溪都是桃花流水，渔人却再也分不清桃源仙境该往何处寻找。

　　王维十九岁时作此诗，看来诗人隐逸之志由来已久，真是天生的超凡脱俗。

蜀道难^①

李 白

噫吁嚱，危乎高哉！

蜀道之难，难于上青天！

蚕丛及鱼凫，开国何茫然。

尔来四万八千岁，不与秦塞通人烟。

西当太白有鸟道，可以横绝峨眉巅。

地崩山摧壮士死^②，然后天梯石栈方钩连。

上有六龙回日^③之高标，下有冲波逆折之回川。

黄鹤之飞尚不得过，猿猱欲度愁攀缘。

青泥何盘盘，百步九折萦岩峦。

扪参历井仰胁息^④，以手抚膺坐长叹。

问君西游何时还，畏途巉岩^⑤不可攀。

但见悲鸟号古木，雄飞雌从绕林间。

又闻子规啼夜月，愁空山。

蜀道之难，难于上青天，使人听此凋朱颜。

连峰去天不盈尺，枯松倒挂倚绝壁。

飞湍瀑流争喧豗⑥，砯崖转石万壑雷。

其险也若此，嗟尔远道之人胡为乎来哉！

剑阁峥嵘而崔嵬⑦，一夫当关，万夫莫开。

所守或匪亲，化为狼与豺。

朝避猛虎，夕避长蛇，

磨牙吮血，杀人如麻。

锦城虽云乐，不如早还家。

蜀道之难，难于上青天，侧身西望长咨嗟。

【注释】

①蜀道难：古乐府旧题，属《相和歌辞·瑟调曲》。《乐府解题》载有"《蜀道难》备言铜梁、玉垒（都是蜀中山名）之阻。"李白此诗是传统题材的再发挥。

②"地崩"句：据《华阳国志·蜀志》记载：秦惠王赠五个美女给蜀王，蜀王派五个力士迎接，回到梓潼，见一大蛇入穴中，五人拉着蛇的尾巴将其拉出，结果山崩，五人皆被压死，山也分成五岭，秦王也因此打通了蜀地。

③六龙回日：古神话传说，羲和驾着六条龙拉的车子，每天载着太阳神自东往西行驶。此处极言蜀峰之高，太阳到此也要迂回而过。

④"扪参"句：意谓山高入天，竟可以伸手触摸到一

路所见星辰。参、井都是星宿名。

⑤巉岩：孤立突出的岩石。

⑥喧豗：喧嚣声。

⑦崔嵬：高险崎岖的样子。

【鉴赏】

哎呀！多么危险！多么高峻伟岸！蜀道太难攀越，简直难于上青天。传说中的蚕丛和鱼凫建立了蜀国，开国的年代实在久远，无法详察。从那时至今约有四万八千年，秦岭阻断了秦蜀两地的交通。西边的太白山只有仅能容下飞鸟飞过的小道，从那小路走可到达峨眉山巅。传说秦惠王以五美女嫁与蜀王，蜀王派五位壮士迎接，返回路上，遇见一条大蛇钻入洞中，五位壮士奋力抓住大蛇尾巴往外拉，突然山崩地裂，蜀国五壮士被压死在山下，也就形成了五座山岭，秦蜀两地才得以开天梯、架栈道，与中原相通连。这蜀地，上有挡住太阳神六龙车的高峰，下有激浪迂回的大川。这高峰，翱翔高飞的黄鹄尚且无法飞越，善于攀岩的猿猱更是一筹莫展。青泥岭山路曲折，峰回路转，萦绕岩峦，百步之内就有九道弯。山之高，伸手就可以摸到参、井星，令人仰首屏息，抚胸惊恐坐下，不由得发出一声长叹。

好友啊，请问你西游何时回还？险道峭岩实在难以登

455

攀！只见飞鸟在古树丛中哀鸣啼叫；雄雌相随，飞翔在林间。月夜里，听到的是杜鹃悲凄的啼声，悲声在空山中回荡，令人愁思绵绵。蜀道难走啊！简直难于上青天，叫人听到这些怎不脸色突变？山峰相连，离天还不到一尺；枯松老枝倒挂倚贴在悬崖绝壁之边。瀑布飞泻，犹如万马奔腾，争相喧叫；水石相击之声震荡在千山万壑之间，如雷鸣一般。那去处恶劣艰险到了这种地步，唉！你这个远道而来的客人，为什么要来这个地方？

剑阁崇峻巍峨，高耸入云端，只需一人把守，纵使千军万马也难以攻克。驻守的官员若不是朝廷信任的人，难免会把持天险，犯上作乱，成为危害百姓的豺狼。清晨你要提心吊胆地躲避猛虎；傍晚你要警觉防范长蛇的袭击。这些毒蛇猛兽磨着牙齿，随时都会吞噬人血，怎不令人心惊肉跳，毛骨悚然。锦官城虽然说是个可以享乐的地方，可是蜀道如此险恶，还不如早早回家。蜀道太难走了，简直难于上青天。回首西望，不禁感慨万千，长声叹息！

蜀道峥嵘，奇峰险壑、飞流惊湍、悲鸟古木，震撼人心。李白此诗，赢得了许多人的赞赏。当"四明狂客"贺知章看到这篇诗歌时，"读未竟，称叹者数四，号为谪仙"，惊呼李白为"谪仙人"。此诗的寓意，历代说法各异，愚以为当是影射仕途之难。仕途险恶，何不还家。"家"是什么，那是心灵的乐园，自适其性，不以物喜，不以己悲，不再戚戚乎名利，患得患失。

此诗高度夸张，想象诡谲，上天入地，搜古索今；诗句参差，笔意纵横，雄奇奔放，汪洋恣肆；感情激越，一唱三叹，循环往复，震撼人心，堪称李太白浪漫主义的代表作。

长相思·其一

李 白

长相思，在长安。

络纬①秋啼金井阑②，微霜③凄凄簟④色寒。

孤灯不明思欲绝，卷帷望月空长叹。

美人如花隔云端，上有青冥之长天，下有渌水之波澜。

天长地远魂飞苦，梦魂不到关山难。

长相思，摧心肝。

【注释】

①络纬：纺织娘，又名促织，即蟋蟀，俗称"蛐蛐儿"。

②金井阑：华美的井边栏杆。

③微霜：薄霜。

④簟：竹席。

【鉴赏】

在那遥远的长安有我思念已久的伊人。秋夜里，蟋蟀在井边悲鸣，如泣如诉，霜风凄紧，凉透竹席。孤灯昏暗，相思绵绵，愁肠欲断。卷起窗帘，仰望明月，独自空长叹。美人如花，却远在云外。上有青天幽远，下有渌水泅涌。天长地远，梦魂也难飞渡关山。悠悠相思绵绵不绝，令我肝肠寸断。

好一个情种，长安美人果真一如花少女吗？非也，古人惯以美人比君王，太白所思念的是当朝的皇帝唐玄宗，迫切的入仕之心不死，昭然若揭。

长相思·其二

李 白

日色欲尽花含烟，月明如素愁不眠。

赵瑟①初停凤凰柱，蜀琴②欲奏鸳鸯弦。

此曲有意无人传，愿随春风寄燕然，忆君迢迢隔青天。

昔时横波③目，今作流泪泉。

不信妾肠断，归来看取明镜前。

【注释】

①赵瑟：相传古代赵国的人善于弹瑟。瑟，弦乐器。

②蜀琴：据说蜀中的桐木很适宜做琴，因此古诗中往往称好琴为蜀琴。

③横波：眼波流盼。

【鉴赏】

夕阳西下，暮色朦胧，轻烟缭绕着花蕊。月华如练，我思念着我的郎君，彻夜不眠。我刚刚放下柱上雕饰凤凰的赵瑟，又想再弹奏蜀琴，却怕触动那鸳鸯弦。这饱含相思之情的曲调，可惜无人传递，但愿它随着春风，飞到遥远的燕然山。郎君哪，我好想你呀，你却远在千里迢迢的那头，思君念君不见君，我终日以泪洗面，当年向郎君暗送秋波的双眸，而今成了泪泉。郎君若不信贱妾想你想得肝肠欲断，就请回来，看看明镜里我憔悴的容颜！

望月怀思，抚琴寄情，忆君怀君，悱恻缠绵，令人心酸。

行路难①

李 白

金樽清酒斗十千，玉盘珍馐直②万钱。

停杯投箸不能食，拔剑四顾心茫然。

欲渡黄河冰塞川，将登太行雪暗天。

闲来垂钓坐溪上③，忽复乘舟梦日边④。

行路难，行路难，多歧路，今安在？

长风破浪会有时，直挂云帆济沧海。

【注释】

①行路难：乐府《杂曲歌辞》旧题。其主要内容是叙述人生道路艰难和离愁别苦。

②直：同"值"。

③垂钓坐溪上：据《史记·齐太公史家》记载：吕尚年老未遇明主，隐居垂钓渭水之滨，后遇周文王而得以重用。

④乘舟梦日边：传说伊尹见商汤以前，梦乘舟过日月

之边。

【鉴赏】

金杯里盛着昂贵的美酒，一斗就要值钱十千；玉盘中盛着精美的菜肴，价值万钱。因心中郁闷，我停杯放下筷子，即使是美酒佳肴，我也没有一点食欲，拔剑环顾四周，心里一片茫然。想渡黄河，大川已经冰冻；想登太行，大雪早已封山。我目前虽退隐，但仍希望有一天能回到朝廷。相传吕尚不遇之前，垂钓渭河之滨，后遇文王，终有大作为；伊尹在受聘商汤之前，曾梦见乘船经过日边，人生的得志与失意，原来也如此无常啊。追求理想之路竟如此艰难，眼前歧路这么多，我该走向何方？如今尽管我被迫离开长安，但我相信总有一天，能乘长风破万里浪，高挂云帆，在沧海中勇往直前！自己的政治抱负终有一天能得以施展。

此诗作于李白天宝三年（744）被唐玄宗赐金放还时，与后来的"白衣卿相"柳三变"且去填词"的遭遇颇有相似之处。若南唐后主李煜，宋朝徽、钦二帝也有谁能吩咐他们去游山玩水、舞文弄墨，也不至于国破家亡，身陷囹圄。有的人只适合于风花雪月，吟诗作对，是不能坐在朝堂之上料理国事的，国家之大，不是写得几首诗、哼得两句曲，就可以治理好的。后来的历史也证明了，只知舞文弄墨的人治国，会把天下搞得乌烟瘴气，甚至祸国殃民。文人鄙视当官的，自己又挖空心思想当官，殊不知这官也不好做呀。

李白为人行事狂荡不羁，多有"竹林"遗风，酗酒无度，恃才矜己，如何能冷静分析人情世事？在宦海之中，安能顺风顺水，左右逢源？连自身尚无法立足，辅弼天下岂不成了奢谈？李白没有政治头脑，绝非相才。他后来投靠玄宗之子永王李璘，陷于"世人皆欲杀"的境地便是佐证。然而，李白诗中的积极浪漫主义的情调和其乐观豪迈的气概，令人叹服。他一生积极入仕，屡败屡战。后因李璘获罪流放夜郎，途中遇赦放还。当时他已年近六十，仍壮心不已。上元二年（761），他又一次踏上征途，准备参加李光弼的平叛军队，途中因病折回。可敬！可叹！

将进酒

李　白

君不见黄河之水天上来，奔流到海不复回。
君不见高堂明镜悲白发，朝如青丝暮成雪。

人生得意须尽欢，莫使金樽空对月。

天生我材必有用，千金散尽还复来。

烹羊宰牛且为乐，会须①一饮三百杯。

岑夫子②，丹丘生③，将进酒，杯莫停。

与君歌一曲，请君为我倾耳听。

钟鼓馔玉④何足贵，但愿长醉不愿醒。

古来圣贤皆寂寞，唯有饮者留其名。

陈王昔时宴平乐，斗酒十千恣欢谑⑤。

主人何为言少钱，径须沽取对君酌。

五花马，千金裘，呼儿将出换美酒，与尔同销万古愁。

【注释】

①会须：正应当。

②岑夫子：岑勋，南阳人。

③丹丘生：元丹丘。

④钟鼓馔玉：泛指豪门贵族的奢华生活。钟鼓，富贵人家宴会时用的乐器。馔玉，形容食如玉一样精美，梁戴暠《煌煌京洛行》中有"挥金留客坐，馔玉待钟鸣"。

⑤"陈王"二句：陈王曹植当年在平乐观宴请朋友，痛饮美酒，与朋友纵情欢乐戏谑。陈王，三国魏曹植，曾被封为陈王。平乐，平乐观，故址在今河南洛阳市，为汉代富豪显贵的娱乐场所。

【鉴赏】

你可看见？黄河之水是从天而来，波涛滚滚奔向东海，恰如人生岁月匆匆而过，一去不还。你可看见？高堂明镜中，早晨还如青丝般乌黑，傍晚就白得似雪，这怎不叫人悲切。人生得意之时，要尽情地寻欢作乐，不要让金杯玉露空对明月。天地造就我的才干，必有它的用武之地。即使千金耗尽，它还会再有。烹羊宰牛，且图眼前快乐，我们来痛痛快快一口气喝他三百杯。

岑勋兄，丹丘兄，快喝呀，不要停杯！让我为你们唱一曲，请你们侧耳仔细听。钟鸣鼓响，如玉饮食，何足为贵？我只愿长醉享乐，不愿醒来忍受内心的煎熬！古来圣贤，自古悄然无闻，世上唯有善饮者才芳名永驻。三国时陈王曹植曾在平乐观宴饮宾客，寻欢作乐，尽情地享乐，一斗酒价值十千钱，也不嫌其贵。

主人啊，为何说我少你酒钱呢？只管沽取好酒，这一匹名贵的五花马，还有那一件价值千金的皮裘，叫童儿拿去换成美酒，我要与诸君同饮同乐，不醉不罢休，同消这万世长愁。

曹植贵为陈王，斗酒十千，当然不足为贵。李白喝光了腰中的银钱，又将珍贵物品换成酒，真要喝个天昏地暗，江河倒流。李白被唐明皇赐金放还，内心悲愤，自然牢骚满腹，借酒消愁，然而正如其诗"抽刀断水水更流，举杯消愁愁更愁"。他无法走出那无边无际的忧愁，只因为他胸中积郁太深，入仕为官之念如鬼魂一般缠绕着他。李白既然鄙视功名富贵，又何来怀才不遇的"万古愁"，这岂不是自相矛盾？千古文人大抵如此。

读此诗，忽想起杜甫一句诗："朱门酒肉臭，路有冻死骨。"

兵车行

杜　甫

车辚辚，马萧萧，行人弓箭各在腰。

爷娘妻子走相送，尘埃不见咸阳桥。

牵衣顿足拦道哭，哭声直上干^①云霄。

道旁过者问行人，行人但云点行频^②。

或从十五北防河，便至四十西营田。

去时里正^③与裹头^④，归来头白还戍边。

边亭流血成海水，武皇开边意未已。

君不闻汉家山东二百州，千村万落生荆杞。

纵有健妇把锄犁，禾生陇亩无东西。

况复秦兵耐苦战，被驱不异犬与鸡。

长者虽有问，役夫敢申恨？

且如今年冬，未休关西卒。

县官急索租，租税从何出？

信知生男恶，反是生女好。

生女犹得嫁比邻，生男埋没随百草。

君不见青海头，古来白骨无人收。

新鬼烦冤旧鬼哭，天阴雨湿声啾啾！

【注释】

①干：犯、冲。

②点行频：频繁地按丁口册上的行次点名征发。

③里正：即里长。唐朝以百户为一里，里有里正，管户口、赋役等事。

④裹头：古以皂罗三尺裹头做头巾。

【鉴赏】

车轮响辚辚，战马声萧萧；征人弓箭都已挂上腰，就要告别亲人奔赴边关。他们的爹娘和妻儿都跑来送行，车马扬起的尘埃遮蔽了咸阳桥。看着亲人就要出征，不知今生今世能否再相见，生离亦死别，亲人拉的拉，抱的抱，拦路顿脚放声痛哭，悲惨的哭声直冲上九重云霄。

有一个行人，满怀同情地问一个壮丁，壮丁只轻轻说：征兵实在太频繁。有的人十五岁就被征去守黄河，到了四十岁，还被编入屯田的军营，不能回家。当年出发时，还要由里长替他扎头巾，归来时已是白发苍苍，却又要被征去守卫边疆。边疆牺牲的战士，已经血流成海，皇上拓边的雄心，仍然无休无止。你没听说过吗？汉朝华山以东的两百多个州，千村万落，到处都长满野草和荆棘。虽有健壮的妇女把锄犁田，耕种田地，但仍是庄稼荒芜，杂草丛生，阡陌也不辨东西。关东士兵素以吃苦善战著称，如今却像鸡狗一样被人驱使。

要不是你这位老人家要问个究竟，我怎么敢把心中怨恨向你述说？今年已经到冬天了，还不见一个关西守卒回家休息。官府依然催逼租税，无人种地，租税又从哪儿来呢？早知生男孩会带来这么多的痛苦，倒不如生女儿好。

生女儿还可以嫁给近邻，生男孩却白白到边关送死，抛尸沙场，埋没在荒草丛中。你看见了吗？就在青海那边，自古以来战死疆场的士兵白骨成山，从来无人安葬。在这塞外肃杀悲凉的古战场，新鬼呼冤，旧鬼鸣咽，阴雨绵绵，哭声啾啾。

此诗是杜甫的名篇，为历代所推崇，作于天宝十一年（752），它标志着杜甫诗风的转变。该诗以严肃的态度，真实地记录了人民被驱往战场送死的悲惨情景，讽刺唐玄宗的穷兵黩武给人民带来的巨大灾难，全诗充满非战思想。

丽人行

杜 甫

三月三日①天气新，长安水边多丽人。

态浓意远淑且真，肌理细腻骨肉匀。

绣罗衣裳照暮春，蹙金孔雀银麒麟②。

头上何所有？翠微㔠叶垂鬓唇。

背后何所见？珠压腰衱稳称身③。

就中云幕椒房亲④，赐名大国虢与秦。

紫驼之峰出翠釜，水精之盘行素鳞。

犀箸厌饫⑤久未下，鸾刀缕切空纷纶。

黄门飞鞚不动尘，御厨络绎送八珍。

箫鼓哀吟感鬼神，宾从杂遝实要津。

后来鞍马何逡巡⑥，当轩下马入锦茵。

杨花雪落覆白蘋，青鸟飞去衔红巾。

炙手可热势绝伦，慎莫近前丞相嗔。

【注释】

①三月三日：农历三月三日为上巳节，古代有在水边踏

青的习俗。

②"蹙金"句：是说用金线和银线在衣裳上绣孔雀和麒麟。

③"珠压"句：齐腰的后襟上缀着珍珠，压垂下来，使衣服贴体，腰衣匀称。裓，衣后襟。腰裓，在此指腰带。

④云幕椒房亲：指外戚。云幕椒房为后妃居处。

⑤厌饫：吃腻了。饫，饱。

⑥逡巡：原意为欲进不进，这里形容顾盼自得，大模大样的样子。

【鉴赏】

三月三日，春光明媚，空气清新，长安曲江河畔，美人如云。她们姿态凝重，神情高远，文静自然，肌肤丰润，身材匀称。

绫罗衣裳用金丝绣着孔雀，银丝刺着麒麟，在春光中熠熠生辉。她们头上戴的是什么呢？翡翠片的花叶直贴到鬓角边。她们背后又装饰着什么呢？齐腰的后襟上缀着珍珠，压垂下来，使衣服贴着身体，更显丽人诱人的腰肢。丽人中有云幕椒房的后妃姐妹：皇上赐封的虢国和秦国二夫人。

华美的蒸锅端来香喷喷的紫驼峰肉，水晶盘托来雪白鲜嫩的鱼片。纤纤玉手举着象牙筷子，面对着鲜美的食物没有一点胃口，久久不动盘中的菜肴。她们早已吃腻了这些山珍海味，御厨的精心制作，也是空忙一场。宦官飞骑而来，却没扬起一点儿尘埃，御厨络绎不绝地送上山珍海味。笙箫鼓乐，缠绵婉转，鬼神也要为之心荡神移。

在座的宾客随从都是达官贵人。姗姗来迟的骑马人，顾盼自得，趾高气扬，到轩门才下马踏上锦绣的地毯去拜见二位夫人。

白雪似的杨花飘落池中，覆盖了水上的浮萍，使者像传情的青鸟殷勤送上红巾。他是当朝宰相，气焰灼人，不可一世，千万不要近前，担心惹恼了他！

曲江水边，美人如云，体态娴雅，衣着华丽；器皿雅致，肴馔精美，箫管悠扬。"后来"者杨国忠意气骄恣，势焰熏灼，不可一世。诗人讽刺杨氏国戚之骄奢淫乱，反映了玄宗昏庸，朝政腐败。虽不见一字讽刺，但讥讽却是入木三分。

哀江头

杜　甫

少陵野老吞声哭，春日潜①行曲江曲。

江头宫殿锁千门，细柳新蒲为谁绿。

忆昔霓旌②下南苑，苑中万物生颜色。

昭阳殿③里第一人，同辇随君侍君侧。

辇前才人带弓箭，白马嚼啮黄金勒。

翻身向天仰射云，一箭正坠双飞翼。

明眸皓齿今何在，血污游魂归不得。

清渭东流剑阁深，去住彼此无消息④。

人生有情泪沾臆，江水江花岂终极。

黄昏胡骑尘满城，欲往城南望城北⑤。

【注释】

①潜：偷偷地。

②霓旌：皇帝仪仗中的一种旌旗，缀有五色羽毛，望之如虹霓。

③昭阳殿：汉成帝时宫殿，赵飞燕姊妹所居，唐人诗中多以赵飞燕喻杨贵妃。

④"清渭"二句：马嵬南滨渭水，是杨贵妃死处，剑阁在蜀，是玄宗入蜀所经之地。借喻二人一生一死，互无消息。去住，去指唐玄宗，住指杨贵妃，意即死生。

⑤"欲往"句：意谓心意迷茫，竟认错方向。望，往、向。

【鉴赏】

春日里，少陵野老偷偷地来到曲江的幽深之处，见往日的繁华已如云烟消散，今非昔比，到处是一片凄惨荒凉，心中十分悲痛，却又不敢放声大哭，只能吞声而泣。江头的宫殿都紧锁着宫门，岸上杨柳依依袅袅，水中抽芽返青的新蒲，娇嫩苍绿，不知是为谁生。

想当年，銮驾游猎来到这曲江头上的芙蓉苑，苑中的花草树木似乎焕发出异样的光彩。昭阳殿最受皇帝宠爱的人，与皇上同车出入，形影相伴。御车前的女官身着戎装，背着弓箭，骑着以黄金为马勒的白马。一个女官向天上仰射一箭，射下两只比翼双飞的鸟，博得贵妃粲然一笑。

明眸皓齿的杨贵妃而今在何处呢？有羞花之貌的杨贵妃已成了满脸血污的游魂，不能再回到君王身旁。杨贵妃的遗体安葬在渭水之滨的马嵬，唐玄宗经由剑阁深入山路崎岖的蜀道，生死殊途，阴阳两界，再听不到彼此的绵绵细语。

人非草木，孰能无情，触景伤怀，谁都会泪落沾襟，落花随流水而去，恰如美人幽香已随风而逝，这无尽的哀思绵绵不绝，恰似那一江春水向东流。黄昏时分，长安城内叛军纷纷出动以防备人民的反抗，尘埃满天，笼罩了整个长安城。美人已逝，盛世不存，这大唐的都城也听任叛军铁蹄的践踏，少陵野老心忧如焚，本想回到长安城南的住处，却走向了城北，心烦意乱，内心悲痛，竟迷失了方向。

此诗是对国破家亡的深切悲恸，是李唐盛世的挽歌，也是国势衰微的悲歌。既表达出诗人真诚的爱国之心，也流露了对美人遭变横死、君王蒙难逃亡的伤悼之情。唐玄宗天宝十五年（756）七月，安禄山攻陷长安。肃宗在灵武（在今宁夏）即位，杜甫在去灵武的途中，被叛军掳至长安。

次年春，诗人沿长安城东南的曲江行走，感慨万千，哀痛欲绝而作此诗。

哀王孙

杜 甫

长安城头头白乌，夜飞延秋门①上呼。
又向人家啄大屋，屋底达官走避胡。
金鞭断折九马死，骨肉不得同驰驱②。
腰下宝玦青珊瑚，可怜王孙泣路隅！

问之不肯道姓名，但道困苦乞为奴。

已经百日窜荆棘，身上无有完肌肤。

高帝子孙尽隆准③，龙种自与常人殊。

豺狼在邑龙在野，王孙善保千金躯。

不敢长语临交衢，且为王孙立斯须④。

昨夜东风吹血腥，东来橐驼满旧都。

朔方健儿好身手，昔何勇锐今何愚？

窃闻天子已传位，圣德北服南单于⑤。

花门剺面请雪耻，慎勿出口他人狙！

哀哉王孙慎勿疏，五陵佳气无时无⑥！

【注释】

①延秋门：唐宫苑西门，出此门，即可由便桥渡渭水，自咸阳大道往马嵬。

②"金鞭"二句：指玄宗快马加鞭，急于出奔，丢下李家骨肉而去。

③隆准：高鼻。

④斯须：一会儿。

⑤"圣德"句：后汉光武帝时，匈奴分为南北，南单于（南匈奴王）遣使称臣。这里指肃宗即位后，回纥曾遣使结好，愿助唐平乱。

⑥无时无：意谓随时都有中兴的希望。

【鉴赏】

长安城头飞来一群不祥的白头乌鸦，夜暮时分，飞进延秋门叫个不停，一会儿又向达官贵族的府第啄个不停，那些达官贵人为了躲避叛军，早已逃出了家门。

玄宗出奔，为了逃命赶路，不知折断了多少金鞭，累死了多少御马，自己的亲骨肉也没有来得及和他一同逃命。可怜的皇室子孙，腰间佩带着玉玦和珊瑚，在路旁哀哭。无论怎么追问，也不肯说出自己的姓名，只说是家境贫寒，生活艰难，求人收他做奴仆！一百多天来，他逃窜在荆棘丛中，遍体鳞伤，体无完肤。帝王子孙，个个都鼻梁高挺，相貌气质自然与常人不一样。眼下，豺狼高居都城，蛟龙反流落荒野。王孙啊，你一定要珍重。

在大路口，不敢与你长谈，只能站立片刻，交代你几句重要的话。昨天夜里，东风吹来阵阵血腥味，长安东边，又来了很多骆驼和车马。北方军队，向来都是能征善战，如今却败得落花流水。听说皇上已把皇位传给太子，新君的圣德降服了南单于。回纥军割面宣誓，要为大唐报仇雪耻。你千万不要向他人提起，以防奸细。可怜的王孙啊，你可千万不要疏忽大意，五陵兴盛之气郁郁葱葱，大唐中兴大有希望啊！

唐玄宗天宝十五年（756）六月九日，潼关失守，十三日玄宗仓皇奔蜀，仅携贵妃姊妹几人，其余妃嫔、皇孙、公主都来不及一同逃走。七月，安禄山部将孙孝哲攻陷长安，大肆搜捕百官，杀戮宗室，先后杀戮霍国长公主以下百余人。王孙们隐匿逃窜，狼狈凄惨。诗中所指王孙即是大难中的幸存者。

诗人偶遇逃难王孙，密告形势，嘱其自珍，大唐光复有望。杜甫对生长在帝王家，如今却落到如此地步的王孙的关爱情真意切，盼望圣朝中兴，伤乱思治殷殷之心令人感动。我们也不难看出唐明皇失德致乱，子孙不保，为了逃命弃骨肉如草芥，可见其残忍。这同刘邦被项羽追杀时，为了战车跑得更快，竟将自己的儿女推下车去有何两样？

古意呈乔补阙知之

沈佺期

卢家小妇郁金堂，海燕双栖玳瑁①梁。

九月寒砧②催木叶，十年征戍忆辽阳。

白狼河北音书断，丹凤城③南秋夜长。

谁知含愁独不见，使妾明月照流黄④。

【注释】

①玳瑁：海生龟类，甲上有黄褐色相间花纹，古人用作装饰品。

②寒砧：寒风中的捣衣声。砧，本义为捣衣石，引申为捣衣声。

③丹凤城：传说因秦穆公的女儿吹箫，引来凤降其城，故称咸阳为丹凤城，后成为京城之别称，此指长安。

④流黄：黄紫相间的绢，此指帷帐。

【鉴赏】

我（卢家少妇）独自一人住在用名贵的郁金香涂饰过的华堂。一对海燕在用玳瑁装饰过的屋梁上，双飞双栖。九月天寒，树叶在阵阵捣衣声中随风飘零，家家都在准备寒衣了。

夫君啊！此时辽阳一定飞雪满天、寒风刺骨，你冷吗？

十年了，你我夫妻不得相见，饱受着令人肠断的相思之苦，多羡慕那梁上的海燕能够耳鬓厮磨。夫君啊，你驻守在白狼河，远隔千山万水，没有一点音信。我一个人待在京城，度过漫漫秋夜，有谁能明了我独守空房的孤独和愁苦？

是谁叫那一轮孤月将月华洒向空闺的帷帐，照着我满是泪水的脸庞？

此诗写思妇思君之苦。丈夫驻守边关，妻子独守空闺，十年不见，音信全无。也许丈夫早已战死沙场，妻子还在痴痴地等。"可怜无定河边骨，犹是春闺梦里人。"

长干行

崔　颢

君家何处住，妾住在横塘。
停船暂借问①，或恐是同乡。
家临九江②水，来去九江侧。
同是长干人，生小③不相识。

【注释】

①借问：请问。

②九江：泛指长江下游。

③生小：从小。

【鉴赏】

请问你的家在何方？我家就住在横塘。停下船儿，我随

478

便问你一声，恐怕咱们是同乡吧。

我的家临近九江河畔，来往在九江边上。你和我同是长干人，可惜从小不相识。

烟波江上，姑娘问另外一艘船上的人："你家住在哪儿?"才出口，发现对方是一名男子，也许早知对方是男子，只不过现在看得更清楚，于是故作掩饰："我家就住在横塘，我这儿停船，随便问你一声，也许咱们是同乡呢。"比起这位天真无邪、热情大胆的姑娘来，这位男子显得有些纯朴、憨厚，老老实实说出自己家住何处，也流露出相见恨晚之情。萍水相逢，两情相悦。

这首诗用对话写成，不事雕饰，语言浅白，但绝不浅俗，形象鲜明，充满民歌气息。在唐诗中，令人耳目一新。

玉阶怨

李 白

玉阶①生白露，夜久②侵罗袜。
却下水晶帘③，玲珑望秋月④。

【注释】

①玉阶：指宫中的石阶。

②夜久：夜深。

③水晶帘：用透明的晶体做的帘子，与现在的玻璃帘子相仿。

④"玲珑"句：垂下帘子仍望月垂泪，不能成眠。玲珑，闪亮的样子。

【鉴赏】

夜已经很深了，她还久久伫立在沾满露水的玉石台阶上，露水已经浸透了她的罗袜，她却浑然不知，这无望的等待已让她变得几乎有些麻木。

退回馨香的幽室，放下水晶帘，隔着透明的珠帘，她凝望着天空中那一轮玲珑的秋月，那清冷的月光静静地照着她眼角那滴清泪。

玉阶空伫立，露重侵罗袜，更深夜已央，久待人不至；无可奈何，入室下珠帘，含泪望孤月。这大内皇宫，有多少这样如花似玉的妙龄少女，一生尽付无边无际的等待，望月垂泪。

不少怀才不遇的诗人也常常以此自喻，李白大概也颇有同感。全诗无一"怨"字，却满篇皆怨，委婉入微，字少情多，余音袅袅，不绝如缕。

塞下曲·其一

卢 纶

鹫①翎②金仆姑③，燕尾绣蝥弧④。
独立扬⑤新令，千营共一呼。

【注释】

①鹫：大雕。

②翎：羽毛。

③金仆姑：箭名。

④蝥弧：春秋诸侯郑伯的旗名，后借指军旗。

⑤扬：摇旗传令。

【鉴赏】

　　身上佩带着用大雕羽毛制作的利箭，旌旗的飘带迎风招展。巍然屹立的大将军挥动令旗，发号施令，千军万马一呼百应，惊天动地。

481

塞下曲·其二

卢 纶

林暗草惊风^①，将军夜引弓。
平明^②寻白羽，没在石棱^③中。

【注释】

①草惊风：风吹草动，以为有猛兽潜伏。
②平明：天刚亮的时候。
③石棱：石块的边角，这里是指石缝之间。

【鉴赏】

夜里，林深草密，忽然风吹草动，将军以为有猛虎潜伏，急忙弯弓搭箭，向草丛射去。第二天一早，将军就前去寻找白羽箭，想看看是不是射中了什么猎物，结果发现整个箭头都嵌入了一块石头中。

本诗叙事扼要，借汉代"飞将军"李广的故事来表现将军的英勇。

塞下曲·其三

卢 纶

月黑雁飞高，单于①夜遁逃。
欲将轻骑逐，大雪满弓刀。

【注释】

①单于：古代匈奴部落首领的称号，这里泛指敌人的首领。

【鉴赏】

星月无光，一片漆黑，雁群在高天中飞翔，单于趁夜黑悄悄地逃跑了。

我军正要派骑兵去追赶，可是大雪纷飞，落满了身上的弓刀。

此诗用字洗练，意境生动，栩栩如生，作者以雪的寒冷更加衬托出将士们杀敌的热情。

塞下曲·其四

卢 纶

野幕敞①琼筵，羌戎②贺劳旋。
醉和金甲舞，雷鼓③动山川。

【注释】

①敞：开。
②羌戎：少数民族的泛称。
③雷鼓：即擂鼓。

【鉴赏】

为庆贺征伐羌人的将士们凯旋，在野外的营帐里摆开了筵席，酒酣欢畅，将士们穿着铁甲跳起了舞蹈，欢声雷动，鼓乐喧天，山川都为之震荡。

此诗写庆祝胜利的欢乐场面：乘醉狂舞，鼓声震天。语言精练传神，情态活跃鲜明，令人振奋。

江南曲

李 益

嫁得瞿塘贾①，朝朝误妾期。
早知潮有信②，嫁与弄潮儿。

【注释】

①贾：商人。
②潮有信：潮水涨落有一定的时间，叫"潮信"。

【鉴赏】

我真后悔嫁给了瞿塘商人，他经常外出经商，害得我独守空房，还常常误了与我约定的归期。早知潮水的涨落有时，还不如嫁给一个渔夫。

这是一首闺怨诗，写商妇候夫不归，独守空房，满腔怨恨。

有人说，诗中少妇轻薄，其实不然，钟惺《唐诗归》中称："荒唐之想，见怨情却真切。"看似无理、荒唐，却真实、直率地表达了一位独守空闺的少妇的怨情。

渭城曲

王　维

渭城朝雨浥①轻尘，客舍青青柳色新②。
劝君更尽一杯酒，西出阳关③无故人。

【注释】

①浥：湿润。

②柳色新：柳树被雨水冲洗后，显得更加青翠。

③阳关：古关名，在甘肃省敦煌西南，由于在玉门关以南，故称阳关，是出塞必经之地。

【鉴赏】

清晨，细雨洒落渭城，沾湿了飞扬的灰尘，空气特别清新。雨后，客舍周围一片郁郁葱葱，杨柳更加鲜嫩。朋友啊，请你再喝一杯酒吧，出了阳关，就再也没有老朋友了。

此诗被谱入乐府，成为千古绝唱的《阳关三叠》。诗中无一字悲切，而惜别之情溢于纸上，是送别诗的佳作。如今送别，也会寻一酒店，朋友间相互劝酒，也是不醉不罢休，若席间来一曲《阳关三叠》，顿时美酒化作泪水流。

秋夜曲

王　维

桂魄①初生秋露微，轻罗已薄未更衣。
银筝夜久殷勤弄②，心怯空房不忍归。

【注释】

①桂魄：月之别称。
②弄：弹奏。

【鉴赏】

　　一轮秋月刚刚升起，树叶上已覆盖着一层淡淡的露水。身上的罗衫已嫌太薄了，却懒得去更衣。已是更深夜阑，她还在拨弄着银筝，害怕空寂的闺房，不肯回房独眠。

　　她的丈夫是在边关服役，还是他乡为官，或是在外地做买卖，不得而知。秋夜微凉，寂寞难寝，殷勤弄筝，真怕一个人睡在空荡的房里。良人何处寻，遥在冷月外。

长信①怨

王昌龄

奉帚平明金殿开②，暂将团扇③共徘徊。
玉颜不及寒鸦色，犹带昭阳日影④来。

【注释】

①长信：汉代宫殿名。

②"奉帚"句：意为清早殿门一开，就捧着扫帚在打扫。

③团扇：圆形的扇子。古代多用于帝王宫内，又称宫扇，相传班婕妤曾作《团扇诗》，自比扇子，担心秋凉被弃箧中。所以，后来用箧扇比喻失宠的妇人。

④日影：这里指君恩。

488

【鉴赏】

每日清晨金殿初开，就拿着扫帚扫殿堂；暂且手执团扇徘徊度日，打发这百无聊赖的刻板生活。即使容颜如玉，也不如丑陋的乌鸦；它飞过昭阳殿，还带着太阳的光彩。

汉成帝时，班婕妤美秀能文，受到成帝的宠爱。后来成帝又恩宠赵飞燕姊妹，班婕妤感到身处危境，请求到长信宫去侍奉太后，从此在凄清寂寞的岁月中度过余生。此诗正是借咏叹班婕妤而慨叹宫女失宠之怨。

出　塞

王昌龄

秦时明月汉时关①，万里长征人未还。
但使龙城飞将②在，不教胡马度阴山③。

【注释】

①"秦时"句：意谓明月还是秦汉时的明月，关塞还是秦汉时的关塞。"秦""汉"二字为互文。

②飞将：指汉朝名将李广。《史记·李将军列传》载："广居右北平，匈奴闻之，号曰'汉之飞将军'，避之数岁，不敢入右北平。"

③阴山：即今横亘于内蒙古的阴山山脉，为古代中国北方的屏障。汉时匈奴常由此山入侵。

【鉴赏】

依旧是秦汉时的明月，秦汉时的关塞。岁月悠悠，征战未断，远征的男儿能有几人生还？倘若那威震敌胆的龙城飞将李广而今健在，绝不许匈奴度过阴山，南下牧马。

此诗语言平凡，却雄浑豁达，气势流畅，一气呵成，吟之莫不叫绝。明人李攀龙曾推之为唐代七绝压卷之作，实不过分。

国无良将，边战不断。李广虽久经沙场，战功显赫，却运途坎坷，不得封侯。王维有诗："卫青不败由天幸，李广无功缘数奇。"诗人似有弦外之音，莫非对当朝用人心存不满，"千里马常有，而伯乐不常有"，怎能说国无良将呢？只不过是朝廷没有发现，抑或是容不得忠臣良将罢了。

清平调（三首）

李 白

其 一

云想衣裳花想容，春风拂槛①露华浓。
若非群玉山头见，会②向瑶台月下逢。

其 二

一枝红艳露凝香，云雨巫山枉断肠。
借问汉宫谁得似，可怜③飞燕倚新妆。

其 三

名花倾国④两相欢，长得君王带笑看。
解释⑤春风无限恨，沉香亭北倚栏杆。

【注释】

①槛：泛指栏杆。

②会：终应。

③可怜：可爱。

④倾国：此指杨贵妃。

⑤解释：消释。

【鉴赏】

天边绚丽的云彩好像贵妃的衣裳，娇艳的牡丹好像贵妃美丽的容颜。春风吹拂花槛，牡丹含露，更显娇美滋润，正如贵妃承沐着君王的恩露。如此天姿国色，若不是在西王母居住的群玉山头能见到，那一定只有在瑶台月下才能相见，人间哪有这样的绝色！

贵妃就像一枝带露的牡丹，艳丽凝香，楚王与神女巫山相会，也只是在梦中短暂欢娱，要是见贵妃与君王日日如胶似漆，只有枉然悲伤断肠。请问汉宫妃嫔三千，佳丽如云，有谁能和贵妃相比？那美艳绝伦的赵飞燕，不是还得依仗新妆吗？哪似贵妃国色天香。

红艳的牡丹与绝代佳人交相辉映，美人与名花常使君王带笑观看。动人的姿色就像春风一样，能消除无限怨恨，在沉香亭北，贵妃依偎在君王怀中，两人轻轻靠着栏杆，观赏着那国色天香的牡丹。缠绵缱绻，爱意融融，乐也陶陶。

唐玄宗与杨贵妃在兴庆池东的沉香亭前观赏牡丹，特命李白（当时正在长安供奉翰林）制作新曲，李白虽已酒醉，然才思更加敏捷，醉眼观花，挥笔写下以上三首清平调。传说，李白诗成，玄宗大为赞赏，立即赐予美酒，贵妃娘娘如葱玉指轻把玉壶，亲自为"诗仙"斟酒，李白可能是除君王之外，唯一享此殊荣的人。

有人讥讽李白阿谀当时炙手可热的杨贵妃，其实，就诗论诗，大可不必如此严肃，杨玉环确是国色天香，绝代佳人，谁见了都会惊叹，正如李白的诗才，谁不叹服。玉环的美艳与太白的诗才也可以说是相映生辉，流芳百世。不过玉环身已殒，而太白诗犹存。

凉州词

王之涣

黄河远上白云间，一片孤城万仞^①山。
羌笛何须怨杨柳^②，春风不度玉门关^③。

【注释】

①仞：古代长度单位，八尺为一仞。

②杨柳：即《折杨柳枝》，古曲名。

③玉门关：在今甘肃省敦煌西，是古代通往西域的要道。

【鉴赏】

　　黄河如带，缭绕于白云之上。一座孤城，那正是戍边将士居住的地方，被裹挟在万仞群山之中，显得何等荒凉！羌管何必吹奏那表达离愁别恨的《折杨柳枝》呢？春风是吹不到玉门关外的，戍边的将士是得不到朝廷恩泽的。

　　朝廷歌舞通宵达旦，边关寒风瑟瑟。一句"春风不度玉门关"，含蓄而又深沉，抱怨了朝廷对戍边将士的漠视。

宋词篇

苏幕遮

范仲淹

碧云天，黄叶地，秋色连波，波上寒烟翠。山映斜阳天接水，芳草无情，更在斜阳外。　　黯乡魂①，追旅思②，夜夜除非，好梦留人睡。明月楼高休独倚，酒入愁肠，化作相思泪。

【注释】

①黯乡魂：心神因怀念家乡而悲伤。江淹《别赋》："黯然销魂者，唯别而已矣。"黯然，内心凄怆的样子。

②追旅思：羁旅的愁思纠缠不休。追，纠缠。

【鉴赏】

这首词黄升《花庵词选》题作"别恨"，张惠言《词选》说"此去国之情"，是范仲淹抒写乡思离恨的名篇。

上阕写深秋天高云淡，碧空万里的景象。起二句写景，既点明季节，又概括了深秋的寥廓气爽和落叶铺地的特征，成为咏秋的绝唱。深邃碧蓝的天空飘荡着几朵白云，铺满黄叶的大地，浩渺的江水染着秋意荡起层层波澜流向远方，在夕阳斜映的远山间，天水相连，烟霭蒙蒙，秋色苍茫。起到了"情景相融而莫分"（范晞文《对床夜语》）的效果，词人运用碧云、黄叶和翠烟等色彩鲜明的形象来渲染夕阳下的秋景，具有很强的艺术感染力。后笔锋陡然一转，怨芳草延伸至天际，让人油然而生无限离情，反衬出人的浓厚情意，为下阕抒写乡愁国忧做了极好的铺垫。

"先天下之忧而忧，后天下之乐而乐"，是范仲淹博大的胸襟，远大的抱负。但范仲淹的革新雄图却遭到当权者的阻挠不能实现，怎不令人愁绪满怀？"黯乡魂，追旅思"就是这种心境的披露。只有睡觉做着好梦时，才能稍稍解脱，否则终日都是愁苦不宁的。眼前的良辰美景，只能使游人倍感孤独。怎样才能排遣那无尽无休的愁思呢？只好借酒浇愁了，但"酒入愁肠，化作相思泪"，酒全化为泪，愁苦更加凝重了。末二句化用李白"举杯浇愁愁更愁"之意，更形象感人。

该词上下融合，浑然一体，动人的秋景更衬托出客愁的深长。酣畅淋漓地抒发了词人深沉缠绵的离乡之愁，去国之忧。无怪前人评此词为：范希文《苏幕遮》一词"前段多入丽语，后段纯写柔情"，遂成绝唱。

渔家傲

范仲淹

塞下秋来风景异①，衡阳雁去无留意②。四面边声连角起③。千嶂里④，长烟落日孤城闭⑤。　　浊酒一杯家万里，燕然未勒归无计⑥。羌管悠悠霜满地⑦。人不寐，将军白发征夫泪⑧！

【注释】

①塞下：边境要塞之地，此指西北边疆。

②衡阳：古代传说雁秋天南飞至衡阳即止，衡山的回雁峰即因此而得名。

③角：号角。

④嶂：直立如屏的山峰。

⑤长烟落日：化用唐代诗人王维的名句"大漠孤烟直，长河落日圆"。

⑥燕（yān）然：山名，在今蒙古境内。东汉窦宪曾北伐大破匈奴，在燕然山刻石纪功而归。　勒：刻。

⑦羌管：羌笛。

⑧将军：作者自指。

【鉴赏】

宋仁宗康定、庆历年间，范仲淹节镇西北边塞。据说他守边时特作了《渔家傲》词数首，述边镇劳苦，现只存此一首。

上阕侧重写景，既富有边塞独特的风光色彩，又具有强烈的主观情感。起句以"塞下"点明区域，以"秋来"点明季节，以"风景异"概括地写出边疆秋季和内地大相径庭的风光，尤一个"异"字，道出词人这位苏州人对西北边塞季节变换的敏感及惊异。次句写所在地的雁到了秋季即向南急飞，毫无留恋之意。"无留意"三字以遒劲的笔力透出这个地区到了秋天寒风萧瑟的荒凉景象。"四面边声连角起"续写边塞傍晚时分的战地景象。带有边地特色的一切声响随着军中的号角声而起，形成了浓厚的悲怆氛围，为下阕的抒情蓄势。接下来以"千嶂""孤城""长烟""落日"这些所见与前面所闻的"边声""号角声"结合起来，展现出一幅充满肃杀之气的战地风光画面。而"孤城闭"又依稀透露出宋朝守军力量薄弱，因而不得不一到傍晚就关闭城门的严峻形势。这就为下阕的抒情埋下伏笔。

下阕侧重抒情，抒写了抵御外患、建功立业的决心及对家乡亲人的深切思念。起句以"一杯"与"万里"形成了悬殊的对比，诉尽了杯酒难销的浓重乡愁。次句化用典故，表明战争没有取得胜利，还乡之计无从谈起，可是要取得胜利，以宋朝不利的军事形势谈何容易。"羌管悠悠霜满地"承上阕写夜景。深夜里传来悲凉抑扬的羌笛声，大地铺满冷霜。如此凄清寒夜，满腔爱国激情和浓重乡思的词人思潮翻滚，怎能入眠，自然引出"人不寐"。结句由己及人，总收全词，道出了将军与征人共同的情愁：既希望取得伟大胜利，却因战局长期无进展，又难免有思念家乡、牵挂亲人的复杂而矛盾的情绪。愁更难堪，情更凄切。

这首词情调苍凉悲壮，感情沉挚抑郁，一扫花间派柔靡无骨、嘲风弄月的词风，成为后来苏轼、辛弃疾豪放派词的先声。

御街行

范仲淹

纷纷坠叶飘香砌①，夜寂静，寒声碎②。真珠帘卷玉楼空，天淡银河垂地。年年今夜，月华如练③，长是人千里。

愁肠已断无由醉，酒未到，先成泪。残灯明灭枕头
欹④，谙尽孤眠滋味⑤。都来此事⑥，眉间心上，无计相
回避。

【注释】

①香砌：石砌，石阶，因有落花而香。

②寒声：指树叶在秋风中发出的声音。　碎：微弱而时
断时续。

③月华：月光。　练：白绢。

④明灭：忽明忽暗。　欹：倾斜。

⑤谙：熟悉。

⑥都来：王闿运《湘绮楼词选》："都来，即算来也。
因此字宜平（平声），故用都字。"

【鉴赏】

这首词是一首怀人之作。上阕以写景为主，景中含情，
下阕以抒情为主，情中有景。该词情景妙合无垠，意境浑融
完整，颇具艺术感染力，为历来的评词家们所称道。

上阕从月夜秋景起笔。"纷纷坠叶"点明秋天的季节，
树叶纷纷飘到有落花的台阶上。"碎"形容落叶的声响轻而
细碎，逼真地写出坠叶纷纷而轻盈的情景。暗合"纷纷"
二字，更反衬出寒夜的静寂，细腻生动地状写出作者孤凄寂

寞的情怀。此为所闻,接着由声音的摹写转入画面的描绘。
"真珠帘卷玉楼空,天淡银河垂地"两句是说,珠帘卷起,
玉楼顿觉空荡。极目远眺,天色清淡如洗,星河如瀑,飞泻
远方。意境高远而深沉激越,于婉曲中现出豪迈。正是在这
样的情景中,才引出下面的感受:年年今夜,月圆人缺。感
情的激流汹涌澎湃,以景寓情已不能酣畅淋漓地抒发自己的
感情了。于是,很自然地转入下阕的直抒胸臆,倾吐离愁。

想念的人不能相见,只好借酒浇愁,然"酒未尝入肚,
却已经化成了泪水,真是泪深于酒"(李攀龙《草堂诗余
集》),足见愁思之重,情意之凄切。室外,"月华如练",
室内"残灯明灭",两相映照,浓浓的愁苦侵扰着离人,自
有一种无法言语的凄凉,感伤的滋味,使人无法入眠,只能
斜靠在枕上,寂然凝思,暗自神伤。"谙尽"与"年年"遥
相呼应,极写愁绪由来已久。结尾三句,进一步说明相思之
情或凝于眉间,或积于心上,无法回避,难以排解的情感深
挚动人,抒情造境十分精妙,女词人李清照《一剪梅》中
"此情无计可消除,才下眉头,却上心头"的名句显然受此
启发。

这首词以柔情丽语为后世词话家所称道。可谓其婉柔绮
丽风格的代表作。全词情景俱佳,意境高远,把思远怀人的
愁思写得淋漓尽致,难怪许昂霄感叹说:"铁石心肠人亦作
此消魂语。"(《词综偶评》)

曲玉管

柳　永

陇首云飞①，江边日晚，烟波满目凭阑久。一望关河萧索②，千里清秋，忍凝眸③？　　杳杳神京④，盈盈仙子⑤，别来锦字终难偶⑥。断雁无凭⑦，冉冉飞下汀洲⑧，思悠悠。

暗想当初，有多少、幽欢佳会，岂知聚散难期，翻成雨恨云愁？阻追游。每登山临水，惹起平生心事，一场消黯⑨，永日无言⑩，却下层楼。

【注释】

①陇首：高丘，山头口。

②一望：极目远眺。　关河：关隘与山河。

③忍：怎能忍受。

④杳杳：遥远渺茫。　神京：宋都汴京。

⑤仙子：古代诗文常用仙女代称美女，尤以指称歌伎和女道士为多，此处即指汴京中作者所熟悉的歌伎。

⑥锦字：又称织锦回文。用窦滔、苏蕙夫妻的故事。前

秦时，秦州刺史窦滔获罪被流放流沙，其妻苏蕙作了八百四十字的《回文璇玑图》诗，织于锦上赠给窦滔，抒发相思之情，词甚凄婉，见《晋书》。后代诗文中，常用来指代妻寄夫的书信。难偶：难以相遇。

⑦断雁：鸿雁传书，这时指雁未担负起传书的任务。

⑧汀洲：水边平地叫汀，水中的小块陆地叫洲。

⑨消黯：黯然销魂之意。

⑩永日：终日。

【鉴赏】

这首词是词人写离愁别恨的名作之一。

此词共分三层：前两层写登高所见、所思，融情入景；第三层忆昔慨今，寓情于事。

起首三句用云、日、烟波构成一幅凄冷而开阔的图景，在渲染气氛的同时巧妙地道出了时间、地点。"亭皋木叶下，陇首秋云飞"是梁柳恽的名句。"凭阑久"三字生动地刻画出词人孤独的心境，由此启下三句。"一望"由近及远，由实而虚，写千里关河，可见而不尽见，极写词人内心感受。明知远眺也是枉然，却还要凭栏久望，不忍离去，可见词人悲愁深重的程度。"忍凝眸"三字使满目的景色变得萧索凄凉，更增浓浓的愁苦滋味。

第二层意脉上紧承上文。"杳杳"极言其远，道出了

505

愁苦的根源在于心上人远在汴京，难以相见。"盈盈"二字用以衬托仙子，倍增美感，同时，神京、仙子相互呼应，词境空灵。正因相思太深，作者猜想心上人也和自己一样受着痛苦的煎熬，即使织就"锦字"也因路遥没法寄给我。这三句，既为"凭阑久"作注，又暗点本词题旨。"断雁"三句，又由虚入实，再现眼前景色。鸿雁本可传书，但它们并未捎来只言片语，只慢慢地消失在苍茫的江天之中，空留下绵绵不绝的思念，"悠悠"深深地道出词人既得不着信又见不了面的惆怅心情。此景之中，相思更深入一层。

　　第三层是"思悠悠"的铺叙。用"暗想"追忆往事，昔日一次次幽欢佳会转瞬间变成了今日的痛苦离别。"岂知"二字凝着词人几多无奈，几多失意，"阻追游"包含了多少难以言说的遗憾呀！然后笔锋一转，又从沉思中醒来回到当前，指出这种"忍凝眸""思悠悠"的情状，并不是这一次，而是"每登山临水"都要"惹起平生心事"，满怀心酸。这满怀愁绪又向谁倾诉呢？只能在"黯然销魂"的心情下，长久无话可说，走下楼来。"却下层楼"，遥接首层"凭阑久"，全词血脉相通，浑然一体。

　　刘熙载《艺概》说柳词"细密而妥溜，明白而家常，善于叙事，有过前人"。这首词的显著特色是融情入景，情景交融，但在情景结合次序上又有所不同。第三层侧重铺叙，似乎没什么技巧，却包含炽热的情感，这正是柳永的特色，也是其他词人所难以企及之处。

雨霖铃

柳 永

寒蝉凄切①，对长亭晚②，骤雨初歇。都门帐饮无绪③，留恋处、兰舟催发④。执手相看泪眼，竟无语凝噎⑤。念去去、千里烟波，暮霭沉沉楚天阔⑥。　　多情自古伤离别，更那堪、冷落清秋节！今宵酒醒何处？杨柳岸、晓风残月。此去经年⑦，应是良辰好景虚设。便纵有、千种风情⑧，更与何人说⑨？

【注释】

①寒蝉：比一般的蝉小，又名寒蜩、寒螀。入秋始鸣。

②长亭：古时驿站上十里一长亭，五里一短亭，是行人休息或送别之处。

③都门帐饮：在京城郊外，设置帐幕宴饮送行。

④兰舟：泛指质地精良的船只。

507

⑤凝噎：喉咙里像是塞住，说不出话来。一作"凝咽"。

⑥楚天：古时楚国占有今鄂、湘、江、浙一带，这里泛指南方的天空。

⑦经年：年复一年。

⑧风情：情意，深情密意。

⑨更：一作"待"。

【鉴赏】

本词是词人的代表之作，以冷落的秋景作为衬托来表达恋人之间难以割舍的感情。

上阕首句点明送别的场景：在秋风阵阵，蝉鸣凄切的傍晚，潇潇雨歇之后，于长亭告别自己心爱的人。诗人有意捕捉冷落的秋景来酝酿一种足以打动人心的、充满离情别绪的环境气氛。"都门"三句写离别情形，"帐饮"是别筵，"无绪"表明心绪错乱不安。"催"字勾出情侣被迫分离之状。正在留恋难舍之时，不解人意的舟子在催促出发了。"执手"两句，不仅写出了即将分开的情侣当时的情状，而且暗示了他们极其复杂微妙的内心活动。离别在即，本来有千言万语，却不知从何说起，便愈见心情的"无绪"，也愈见彼此情意的深切。苏轼《江城子》（《乙卯正月二十日夜记梦》）云"相顾无言，唯有泪千行"与此同是意境深沉，真乃"此时无声胜有声"，体现了率真、自然的艺术风格。下句用一"念"字，急转直下，引出了对别后情景的设想。"烟波"以"千里"形容，"暮霭"以"沉沉"形容，"楚天"以"阔"形容，都与"凝噎"的心情相契合。词人用融情入景、烘托点染的手法，达到了一般抒情语言所不能达到的艺术效果。

下阕宕开一笔，泛说离愁别恨，自古皆然。紧接着便转至眼前，自己在这冷落的清秋时节和恋人别离，内心的悲愁更甚。"今宵"两句，属虚景实写，是宋词中传婉约之神的千古名句。但设想今宵酒醒时，已不知在何处了，抬眼望去，也只有那拂晓时穿过岸边依依杨柳的袭人寒风和一弯残月相伴而已。作者借物抒怀，词、画、情融为一体，浑然天成，营造了一个凄清境界，历来备受推崇。"此去"四句，从别后长年落寞，相会难期到无人可说风情，既照应前文，又总结全词。词意始终回环往复，言有尽而情意无穷。可谓"余恨无穷，余味无尽"（唐圭璋《唐宋词简释》）。

在坎坷的人生使词人对离别的痛苦有着深切的体会，再加上他擅于运用白描和铺叙的手法，"状难状之景，达难达之情"（冯煦《宋六十一家词选·例言》）。因而该词具有一种内在感染性，极具艺术魅力。

采莲令

柳　永

　　月华收①，云淡霜天曙。西征客、此时情苦。翠娥执手②送临歧③，轧轧开朱户。千娇面、盈盈伫立，无言有泪，断肠争忍回顾？　　一叶兰舟，便恁急桨凌波去④。贪行色⑤，岂知离绪。万般方寸⑥，但饮恨⑦，脉脉同谁语？更回首、重城不见⑧，寒江天外，隐隐两三烟树。

【注释】

　　①月华收：指月亮落下，天色将晓。

　　②翠娥："娥"也作"蛾"，美女的代称。翠娥本指美人画的眉，古诗文中常用来代称美女。此指柳永的恋人。泛指美人。

　　③临歧：岔路口。

　　④便恁：就这样。

　　⑤行色：行旅出发前的准备。

　　⑥方寸：指心。

⑦但：只有。

⑧重城：指城郭（外城）重叠。

【鉴赏】

这是一首送别的词，表现了词人铺叙展衍、层次分明而又曲折婉转的创作风格，景、情、事三者自然融合。

上阕写分别时的情景。"月华"两句点明分别是在一个深秋的早上。月落、云淡、霜天，一派凄清萧索。"西征客、此时情苦"，此景更加深了即将远行人的愁苦。"翠娥"句转写送行之人。她推开轧轧有声的朱门，携着手一直把他送到岔路口。"千娇面、盈盈伫立，无言有泪"，分别在即，仿佛此刻他才惊觉她的美丽：姣好的面容、亭亭玉立的身影，微泣着难以成语。寥寥几笔，一个具有纯真情意的动人的妇女形象已呼之欲出。两人默默无言，垂泪而别，早已肝肠寸断的征人又怎忍回首相望呢？这临别的情景写得细腻真切，动人心弦。

下阕转写行人的感怀。船一行驶起来，便怨"桨"速"怎急"。上阕"争忍回顾"，自然越快越好，此处又怨船桨太快，把词人不得不分别又不愿分别的情态刻画得惟妙惟肖、真实感人。想到行前匆匆，尚未真正领略别恨，如今独坐静思，方觉千言万语，无人可诉。"更回首、重城不见，寒江天外，隐隐两三烟树。"以景结情，词人思人的这份悲苦，自待读者去体会。

本词情韵深厚，境界高远。前人评曰"其铺叙委婉，言近意远"（周济《介存斋论词杂著》），颇为恰切。

蝶恋花

柳　永

伫倚危楼风细细①，望极春愁②，黯黯生天际。草色烟光残照里，无言谁会凭阑意③？　　拟把疏狂图一醉④，对酒当歌⑤，强乐还无味。衣带渐宽终不悔⑥，为伊消得人憔悴⑦。

【注释】

①伫：久立。危楼：高楼。

②望极：极目远望。

③会：理解。

④疏狂：狂放，不拘形迹。

⑤对酒当歌：语出曹操《短歌行》"对酒当歌，人生几何"。古人常指失意之人及时行乐、借酒浇愁。

⑥衣带渐宽：出自《古诗十九首》"相去日已远，衣带

日已缓"。指因愁苦思念而日渐消瘦。

⑦消得：值得。

【鉴赏】

本首是一首怀人之作，写得很含蓄。词人把漂泊之苦与思想之情绾结在一起，抒发了对恋人的深沉思念和对爱情忠贞不渝的情怀。

词人从登楼所见写起：在微风中，他久立高楼，极目远望，春草萋萋向远方延伸着，延伸着，一股无法遏止的愁绪伴着无边的暮色弥漫开来。"风细细"给沉重的画面注入了一丝动感，使起句平直而不呆滞，静里有动。无形的"春愁"变得鲜活可感了。天际何物引起词人愁怀，"草色烟光残照里"。原来，"春愁"从一片凄景中来。词人在此借用春草来表示自己对于羁旅孤凄的厌倦。"残照"二字平添了一种消极感伤的色彩，自然引发"无言谁会凭阑意"的慨叹。登高望远，夕照与青草已引起悲伤，且又无人领会凭栏之意，其情其苦何堪？词至此已把主人公的愁思描写得淋漓尽致，无以复加。

下阕笔锋一转，写主人公把杯问盏，酒中求乐，以此来反衬愁情的深重和无可排遣，实质是愁极之语。"拟把"三句正印证了"举杯消愁愁更愁"，形象生动地揭示主人公"春愁"的缠绵悱恻，欲罢不能的程度，但主人公"衣带渐宽终不悔"，他被折磨得十分憔悴，却坚决不后悔。原来是自己心甘情愿的，主人公的愁情原是一片痴情。"终不悔"似岩浆炽烈，道出主人公心中浓郁的挚情。究竟是什么使他如此痴心，如此钟情？"为伊消得人憔悴。"原来是为她！这两句备受评家称赞，它是主人公心底的挚词，主人公把自己对爱情的坚贞、专一和对心上人的钟情思念全都蕴含其中。

这首词构思奇巧，可谓一波三折，起到了引人入胜的作用，结语直接抒怀，至情之语，给人以强烈的震撼。

浪淘沙慢

柳　永

梦觉、透窗风一线，寒灯吹息。那堪酒醒，又闻空阶，夜雨频滴。嗟因循①、久作天涯客。　　负佳人、几许盟言，更忍把、从前欢会，陡顿翻成忧戚②。愁极。再三追思，洞房深处，几度饮散歌阑，香暖鸳鸯被。岂暂时疏散，费伊心力。殢云尤雨③，有万般千种，相怜相惜。　　恰到如今、天长漏永④，无端自家疏隔。知何时、却拥秦云态⑤？愿低帏昵枕⑥，轻轻细说与，江乡夜夜，数寒更思忆。

【注释】

①因循：精神不振之意。

②陡顿：突然。

③䁔云尤雨：贪恋欢情。䁔，沉溺。

④漏永：时间长久，漏是古代的一种计时器，又叫漏壶、漏刻。此处代指时间。

⑤秦云：秦楼云雨。秦楼指歌宴游狎之所。

⑥低帏：放下帷帐。

【鉴赏】

清人陈廷焯《白雨斋词话》卷一："耆卿词，善于铺叙，羁旅行役，尤属擅长。"本词从游子的角度，抒发对恋人的思念之情。

首层写夜半梦后酒醒后的孤寂之感，抒发对情人的深切思念。夜半、凄风、冷雨、寒灯、空阶自营造了一个凄苦之境。主人公梦断酒醒之后，触景伤情，倍觉凄凉，引起心中无穷感喟。"嗟因循、久作天涯客"，自己长久地滞留他乡，辜负了对恋人的盟誓，回想起过去的欢乐时光，心绪更加烦乱，不堪忍受。本层极写环境的凄苦，弥漫一股挥之不去的寂寥孤独的愁绪。

第二层追忆往昔两情相悦时的美好时光。孤寂至极，往事在心中重温：洞房歌宴、鸳鸯被暖、幽合欢愉、相惜相怜……一幕幕尽现眼前，主人公夜不成寐，回忆，嗟叹，只因"有万般千种，相怜相惜"的真挚而热烈的情感。

第三层从追忆中回到现实，抒发对未来的美好希冀。回忆往事，主人公的痛苦愈深，对恋人的思念愈迫切，竟深深自责起来，怨自己"无端""疏隔"，辜负了恋人。何时才是欢聚的时刻呢？一想起重逢，主人公精神一振，开始设想那时他将在帷帐下鸳鸯枕边对恋人娓娓地述说自己的相思，告诉她自己如何夜夜难眠，数着寒更声响苦苦地思念。一个痴情男儿的形象已呼之欲出了。

本词围绕"情思"，多角度地进行刻画，把写景、叙事、抒情融成一片，而在结构上又层次分明，前后呼应。夏敬观称柳永的词"层层铺叙，情景交融，一笔到底，始终不懈"（《手评乐章集》）。

定风波

柳　永

自春来、惨绿愁红，芳心是事可可①。日上花梢，莺穿柳带，犹压香衾卧②。暖酥消③、腻云亸④，终日厌厌倦梳裹。无那⑤。恨薄情一去，音书无个。　　早知恁么，悔当初、不把雕鞍锁。向鸡窗⑥，只与蛮笺象管⑦，拘束教吟课。镇相随⑧、莫抛躲，针线闲拈伴伊坐。和我，免使年少，光阴虚过。

【注释】

①是事可可：对任何事情都不经心不在意，没有兴趣，任其自便。

②衾：被子。

③暖酥：喻指美女的肌肤。酥，油脂。　消：即消瘦。

④腻云亸：腻云喻指美女乌黑油亮的秀发。亸（duǒ），散乱下垂的样子。

⑤无那：无可奈何。

⑥鸡窗：书窗，代指书房。《幽明录》中记载："晋兖州刺史沛国宋处宗尝买得一长鸣鸡，爱养甚至，恒笼著窗间。鸡遂作人语，与处宗谈论，极有言智，终日不辍。处宗因此言巧大进。"后遂用"鸡窗"代称"书房"。

⑦蛮笺象管：读书写字用的纸和笔。古代蜀地产彩色笺纸，因蜀地偏僻，该笺纸被蔑称"蛮笺"。象管，即象牙做的笔管，此代称笔。

⑧镇：终日，整天。

【鉴赏】

本首"闺怨"词,是柳永"俚词"的代表之一。

本词塑造一个有自己的生活理想,敢于追求自由生活的年轻女子的形象。起句以春天美景来反衬少妇的寂寞、愁苦,总写百无聊赖的心境。春光明媚,桃红柳绿的美好景致,对于思妇来说,只不过是惨愁的映照,这种移情入景的写法,加深了情的表达,情更真更深了。"日上花梢""莺穿柳带"的风和日丽中,她却"犹压香衾卧",极写她心灰意冷之状。接下去细写她的愁容:往日里丰润酥嫩的姿容消失了,浓密如云的头发蓬乱了,"终日厌厌倦梳裹",这一切皆因"恨薄情一去,音书无个"。如闸口的积水一下子喷涌而出了,这是一切烦恼所在,也是本篇的关脉。

下阕直笔写出思妇因怨恨而生的后悔心理,"悔"字看似放得轻,含义却深重。"针线闲拈伴伊坐",这三句细腻逼真地描绘出思妇的美好愿望,表现了她对夫妻终日相随陪伴的温馨生活的渴望。收尾两句,词人用通俗的语言,畅快淋漓,直率地坦露她对爱情的热烈追求。

事密情真,通俗直白,是这首词的一个显著特色。本词上下一气呵成,感情真挚、炽烈,人物形象鲜明。尤其是一些俚词俗语的大胆采用,使本词的"市井"特色更加鲜明。

少年游

柳　永

　　长安古道马迟迟①，高柳乱蝉嘶。夕阳岛外②，秋风原上，目断四天垂③。　　归云一去无踪迹，何处是前期？狎兴生疏④，酒徒萧索⑤，不似去年时⑥。

【注释】

①长安古道：长安是中国历史上数代古都，古诗文中，常以"长安"代称京城。古道指通往长安的路，因长安为帝王所在之处，所以通往长安的路又常被用来代称追逐功名利禄的道路。　迟迟：行走缓慢。

②岛：一作鸟。

③目断：望断，极目远望，到视力所及之处。

④狎兴：游冶玩乐的兴致。

⑤酒徒：饮酒欢乐的旧友。　萧索：稀少。

⑥去年时：一作少年时。

【鉴赏】

柳词题材十分广阔，内容有羁旅行役、男女恋情和都市生活三个方面。本词是以小令写"羁旅行役"的代表作。

上阕以写景为主，但景中含情。"长安古道"二句，诗人纯用白描，勾勒出仕途嘈嘈，如群蝉鸣柳般的景象。一个"乱"字，实写蝉声，暗指心情。起首两句近景描写，已然声情并茂。举目远望，夕阳西下，寒风骤起，旷野上一片苍茫。寥寥几笔便极形象地将野外清旷空阔的图景展现在读者面前，凄清冷落的感触、落拓飘零的悲凉溢于言表。

下阕借景抒怀。"归云一去无踪迹"，在纷乱的人世上，一切不亦如此吗？于是词人追问："何处是前期？""前期"指往昔的期待和愿望。以"归云"为喻，写一切期望已落空，人似浮云影不定，其弦外之音，不难体味。自然而然地引出结句，直写自己今日的寂寥落寞。早年失意之时，"幸有意中人，堪寻访"，而今与歌伎们狎玩之兴已冷落荒疏，当年宴饮欢聚的旧友也日见甚少，一切都不比过去的光景了。这正是词人"悲秋"的原因。"不似去年时"犹如痛彻心脾的呐喊，悲叹自己的落拓无成，道出词人深刻的哀伤。

本词情景交融，虚实相应，不饰藻绘，语淡情深，可以说是一首表现柳永一生悲剧而艺术造诣很深的令词。

戚 氏

柳 永

晚秋天，一霎微雨洒庭轩。槛菊萧疏，井梧零乱，惹残烟。凄然，望江关，飞云黯淡夕阳间。当时宋玉悲感，向此临水与登山①。远道迢递②，行人凄楚，倦听陇水潺湲③。正蝉吟败叶，蛩响衰草④，相应喧喧。　　孤馆度日如年，风露渐变，悄悄至更阑⑤。长天净，绛河清浅⑥，皓月婵娟。思绵绵，夜永对景，那堪屈指暗想从前。未名未禄，绮陌红楼⑦，往往经岁迁延。　　帝里风光好⑧，当年少日，暮宴朝欢。况有狂朋怪侣，遇当歌对酒竞留连。别来迅景如梭，旧游似梦，烟水程何限？念利名、憔悴长萦绊⑨。追往事、空惨愁颜。漏箭移⑩，稍觉轻寒，渐呜咽、画角数声残⑪。对闲窗畔，停灯向晓，抱影无眠。

【注释】

①"当时"两句：指当年宋玉曾面对秋色而悲，并在

《九辩》中写有"憭栗兮若在远行，登山临水兮送将归"的诗句。

②迢递：遥远。

③"倦听"句：指多次听厌了陇头流水的呜咽潺湲。此句是暗用汉乐府《陇头歌辞》中"陇头流水，流离山下。念吾一身，飘然旷野"的句意，抒发行役悲苦的情怀。

④蛩：蟋蟀。

⑤更阑：更深夜浓。

⑥绛河：即天河、银河。天称绛霄，银河称绛河，盖借南方之色以为喻。

⑦绮陌：繁华的道路。

⑧帝里：即帝都，此指北宋都城汴京（今河南省开封市）。

⑨萦绊：束缚、羁绊。

⑩漏箭移：时光流逝变化。漏箭，古代皇宫以"漏壶"计时，标有刻度的木杆称漏箭。

⑪画角：古乐器。用竹、木、铜或皮制成，状如竹筒，外加彩绘，故称。古时军中常用来报昏晓，振士气，也可用来报警戒严。此处指用画角报晓。

【鉴赏】

这是一首抒写羁旅行役之苦的佳作。

首叠以写景为中心，侧重描述傍晚的萧疏秋景，以衰景衬悲思。起首两句点明季节、地点和气候。近处：深秋一场冷雨过后，栏杆边的秋菊花疏叶败，井台旁的梧桐枝叶凋零。远处：斜阳残照在江关上，烟霭朦胧，秋色苍茫。面对黄昏的萧疏秋景，作者心境凄凉，很自然地引起悲秋的感慨，进而联想到"当时宋玉悲感，向此临水与登山"。宋玉《九辩》云："悲哉，秋之为气也！"宋玉以悲秋为发端，自伤生不逢时，怀才不遇。词人与之产生共鸣，意在言外。"远道"三句，具体描绘"行役"的艰辛。此情此景本已令人难耐，偏在此时又传来秋虫哀鸣之声，使游子更加心烦意乱，不堪忍受。从所见所闻，极写悲秋情绪。

第二叠由情入景，写月夜幽思。已是夜深人静，游子却因孤愁难以入睡。长天万里，银河清浅，皓月当空，如此良辰美景，更引发词人"思绵绵，夜永对景，那堪屈指暗想从前"之叹。"未名未禄"三句，总写入仕之前，生活狂放不羁，肆情恣意地及时行乐之态。以往昔沉浸歌酒风月的欢娱映衬今日之孤寂，更令人神伤。

第三叠暗合"思绵绵"三字，展开对往昔欢乐时光的具体描述。"风光好""暮宴朝欢""狂朋怪侣""当歌对酒"凸现了年少时恣情狂荡的生活原貌，虽是虚笔，但仍逼真可见。"别来"二字陡然一转，用"如梭""似梦"写时光飞度、岁月无情，隐含词人对人生的感悟。"烟水程何限？"看似轻问，几许愤懑，几许怆然，尽在其中。"何限"极言经过的烟村水驿之多，说出了漂泊四方的孤独寂寞。而这一切都是为了什么呢？经过层层铺叙，蓄势已足，终于逼出"念利名、憔悴长萦绊"的点睛之笔。诗人深切感到，一生东飘西荡皆是受"利名"所累，流露出对功名利禄的厌倦和鄙弃。回忆至此，"空惨愁颜"。"空"字足见感慨至深、痛悔恳切。从视觉、触觉、听觉极写孤寂凄清的难耐。寥寥几笔就把一个心如止水、形单影只的艺术形象推至读者面前，言已尽而意无穷。

李攀龙云："首叙悲秋情绪，次叙永夜幽思，末勘破名利关头更透"。（《草堂诗余隽》）本词层次分明，线索明晰，有力抒发了孤独寂寞之情。此外，本调声韵和谐、平仄相谐，错落有致，声情并茂，赢得了"《离骚》寂寞千载后，《戚氏》凄凉一曲终"（《碧鸡漫志》）的高度赞赏。

夜半乐

柳 永

冻云黯淡天气①，扁舟一叶，乘兴离江渚②。渡万壑千崖③，越溪深处④。怒涛渐息，樵风乍起⑤，更闻商旅相呼。片帆高举，泛画鹢⑥、翩翩过南浦⑦。　　望中酒旆闪闪⑧，一簇烟村，数行霜树。残日下、渔人鸣榔归去⑨。败荷零落，衰柳掩映，岸边两两三三、浣纱游女。避行客、含羞笑相语。　　到此因念，绣阁轻抛⑩，浪萍难驻⑪。叹后约⑫、丁宁竟何据？惨离怀、空恨岁晚归期阻。凝泪眼、杳杳神京路。断鸿声远长天暮。

【注释】

①冻云：浓云密布，凝结不开。

②渚：水中间的小块陆地。

③万壑千崖：崖，一作"岩"。晋代画家顾恺之赞颂会稽（在浙江省）山川的美景时说："千岩竞秀，万壑争流。"此化用古语，既写山川壮丽景色，又暗示出地点。

④越溪：即若耶溪。在今浙江绍兴市南，相传越国西施曾在此浣纱，泛指江南的河流。

⑤樵风：好风，顺风。

⑥画鹢：本为一种水鸟，白羽，善飞翔，不怕风，古人常在船头上画其形象以图吉利。此代称船。

⑦南浦：南面的水边，南浦出自屈原《九歌·河伯》"送美人兮南浦"，泛指送别的地方。

⑧酒旆（pèi）：酒旗。

⑨鸣榔：指击木榔惊鱼，使鱼聚于一处，易于捕捉。

⑩绣阁：本指青年女子的住处，此处代指妻子。

⑪浪萍：波浪中的浮萍，漂浮不定，比喻自己四处漂流。

⑫后约：约定的相会日期。

【鉴赏】

此词是一首一百四十四字的长调。词人以一个孤独游人的口吻，写出了耳闻目见的与内心所感的巨大落差，充分展现其"善于铺叙"的特色。

首叠概写乘舟南下时的经历，生动地描绘了越溪的水光山色。首句点明时令，二、三句写出发情况，意在说明心情轻快。下分三层写江行景况，溯江上行，会稽山水的奇秀俊美，用典故括之，词约意丰，蕴含深厚。"怒涛"三句，写小船驶出沟壑，江面渐宽，波涛渐渐平息，并且风向也顺应人意，过往船只相互呼唤，一派繁忙欢快景象。"片帆"三句勾勒了一幅千帆竞发，轻舟飞渡的优美画面。"翩翩"呼应"乘兴"，尽显词人游历心情之愉悦。而"南浦"一典暗逗下文怨别。

第二叠摘取途中一个画面，描述出秋日暮色江南渔村的美丽景色：两岸酒旗飘飘，只见一座座飘浮着烟雾的村庄，一行行染着白霜的树。在夕阳斜照中，打鱼人敲着木梆回家了。水中荷叶残破零落，岸边衰败的杨柳倒映水中。人与物，岸上与江中，往复交织，错落有致，构成一幅江天秋暮图。结末三句纯用白描生动描绘出浣纱女一面含羞避客一面喁喁细语的神情举止，给景物增添了生气。

第三叠由景入情，以"到此因念"领起，写离乡去国（指京师），归期难定，萍踪难驻的惆怅心情。本是"乘兴"览胜，但浣纱女的无意出现，却勾起词人的离愁。"绣阁"句，抒发抛妻离家的悔恨；"浪萍"句，诉天涯飘零的孤苦。"叹后约"以下，直抒胸臆，写岁暮难归的哀怨。"凝泪眼"回望来路，长天苍茫，孤鸿哀鸣。结句缘情造景，以景足情，与全词首句景色相互呼应。

本词从离开时天气景色写起，到回望来路时天色景象止，环环相扣，一气呵成。情景、节奏和谐统一。用典自然贴切，使全词蕴含丰厚，意境深远。

玉蝴蝶

柳 永

望处雨收云断，凭阑悄悄，目送秋光。晚景萧疏，堪动宋玉悲凉①。水风轻、蘋花渐老，月露冷、梧叶飘黄②。遣情伤。故人何在，烟水茫茫。　　难忘。文期酒会，几孤风月③，屡变星霜④。海阔山遥，未知何处是潇湘⑤！念双燕⑥、难凭远信，指暮天、空识归航⑦。黯相望。断鸿声里，立尽斜阳。

【注释】

①宋玉悲凉：宋玉曾写《九辩》，其中有"悲哉，秋之为气也"等描写秋天悲凉的句子，被历代文人墨客尊为"悲秋之祖"。

②梧叶飘黄：古人认为，立秋时，梧桐开始落叶，宋人唐庚《文录》载："唐人有诗云：'山僧不解数甲子，一叶落知天下秋。'"唐人李子卿《听秋虫赋》也有"时不与兮岁不留，一叶落兮天地秋"的句子。所以唐宋诗词中，梧叶

飘零是秋天的典型意象。

③几孤风月：一作"几辜风月"。风月即清风明月，代指良辰美景。

④星霜：星一年一周转，霜每年依时而降，故以星霜指年岁。

⑤潇湘：原是潇水、湘水的合称，后泛指所思之处。

⑥双燕：代指传递书信的使者。《开元天宝遗事·传书燕》载唐人任宗在湘中经商，长年不归，其妻见堂上双燕翻飞，感叹说："我闻燕子自东海来，往复必经由于湘中……欲凭尔附书，投于我婿。"便将所吟诗篇系于燕足。燕子径飞至荆州任宗处，任宗解书得诗。

⑦空识归航：借用谢朓"天际识归舟，云中辨江树"（《之宣城郡出新林浦向板桥》）诗句，化用温庭筠"过尽千帆皆不是，斜晖脉脉水悠悠，肠断白蘋州"（《望江南》）句意，写对友人的思念。

【鉴赏】

此词是一首怀人之作。上阕因景生情，抒发对远方故人的深切怀念。前三句写秋雨初霁，独自凭栏远眺。为以下具体描写秋景做好铺垫。接着用"宋玉悲秋"一典自然无痕地流露孤独冷清的伤感情怀，并用"水风"两句具体描摹：水风——轻，蘋花——老，月露——冷，梧叶——黄，言简意丰，形色俱佳地勾勒出一幅清幽凄冷的暮秋图。此情此景，令人十分孤独，故有"故人何在"一慨，承上而来，又统摄全篇，是本词主旨所在。

下阕以情起笔，情景交融，极写怀念之情。"难忘"引出对"文期酒会"等往事的美好回忆，"屡变"叹出诗人内心的感慨：斗转星移，岁月如梭，何时才能再拥有聚首的欢欣呢？"海阔"两句，把思念怅惘之情推向极致。燕不传书，归船空识，词人依然伫立在秋日夕阳里眺望，恰又听到断鸿哀鸣，孤愁陡增。收束处含蓄隽永，意在言外。

八声甘州①

柳 永

对潇潇暮雨洒江天②，一番洗清秋。渐霜风凄紧③，关河冷落，残照当楼④。是处红衰翠减⑤，苒苒物华休⑥。唯有长江水，无语东流。　　不忍登高临远，望故乡渺邈⑦，归思难收。叹年来踪迹，何事苦淹留⑧？想佳人、妆楼颙望⑨，误几回、天际识归舟？争知我、倚阑干处，正恁凝愁⑩？

【注释】

①八声甘州：简称《甘州》，唐边塞曲，后用为词牌。因全词共八韵，故称"八声"，上下阕，九十七字，平韵。

②潇潇：雨势急骤貌。

③凄紧：寒气逼人。凄紧，一作"凄惨"。

④当：照在。

⑤是处：到处。 红衰翠减：指花、叶凋零。古人常用花败叶残的凄凉景象烘托渲染愁苦的心境。李商隐《赠荷花》诗中曾有"此荷此叶常相映，翠减红衰愁煞人"句，正是此句所本。

⑥苒苒物华休：景物逐渐凋残。

⑦渺邈：渺茫遥远。

⑧淹留：长期停留。

⑨颙（yóng）望：抬头凝望。

⑩恁：这样。 凝愁：忧愁凝结不解。

【鉴赏】

本词是一首羁旅相思的名作。

上阕着意描绘登楼所见的深秋景色来点染离情别绪。以"对"字领起本词，劈头写出清秋暮雨给人的凄凉感受。特别一个"洗"字，把清秋的明丽、爽洁、纤尘不染的气氛描述了出来。继而用三句写雨后暮景，由近及远地描绘了整个深秋的景象。"霜风凄紧"写人的直接感受，突出了秋景肃杀的特点。以"冷落""残照"进一步渲染秋天傍晚的暗淡、凄清，从而也透露了游子心中的"秋"。这三句笔墨平淡，却极富表现力，赢得了苏轼"此语于诗句不减唐人高处"（宋赵令畤《侯鲭录》卷七）的赞誉。清代刘体仁在《七颂堂词绎》并说"关河冷落"二句，"即《敕勒》之歌也"，认为可与北朝民歌媲美。这三句境界雄奇，气象宏阔，笔力苍劲，在柳词里的确是稀有的。接着四句由近及远，楼前花木凋零，一片荒芜、肃杀之景，远处，长江水无声无息地向东流去。在游子看来，一切景物都似乎在表达自己的感情，唯有长江水无动于衷，它默默无语地向东流去。以江水之无情，反衬人之有情。以这样一个暗喻作结，又为下文抒情蓄势。"无语"二字，堪称妙极。

下阕即景抒情，深刻地抒写了游子思乡怀归的心情，以及慨叹自己飘零异乡而功业无成的苦闷。"不忍"二字承上启下，将"归思"转进一层，意思更为委婉深曲。"望"字兴起思乡怀旧之情。此三句在词中至为重要，点明了"羁旅行役之苦"的题旨。"叹年来"二句，反躬自问，把无限辛酸愁苦融于一声慨叹之中，写出了千回百转的心思和回顾茫然的神态，含蓄蕴藉，耐人寻味。"想佳人"二句，由实入虚，别开一境，幻想妻子盼己回归望眼欲穿的情态，委婉深曲，真切感人。尽管化用前人词句，却和谐自然，如同己出。结尾以"争知我"三字，归结到自身，以"凝愁"收束，首尾圆合，前后贯通。文笔灵活跌宕，感情含蓄深沉。于哀怨声中作结，令人一唱三叹。

竹马子

柳　永

　　登孤垒荒凉，危亭旷望，静临烟渚。对雌霓挂雨[①]，雄风拂槛[②]，微收烦暑。渐觉一叶惊秋，残蝉噪晚，素商时序[③]。览景想前欢，指神京、非雾非烟深处。　　向此成追感，新愁易积，故人难聚。凭高尽日凝伫，赢得消魂无语。极目霁霭霏微[④]，暝鸦零乱，萧索江城暮。南楼画角，又送残阳去。

【注释】

　　①雌霓：虹双出，色鲜艳者为雄，称作虹；色暗淡者为雌，叫作霓。

②雄风：雄劲苍凉之风。宋玉《风赋》有"故其清凉雄风，则飘举升降……"

③素商：秋日。古以商音配秋，故称秋为素商。

④霁霭：雨过初晴后的薄雾。

【鉴赏】

本词是柳永漂泊江南时，登临伤怀之作。

上阕以景着笔，触景生情。起首三句点出地点，写登高纵目，一片荒凉的景象。这几句词人紧抑如潮思绪，委婉而细密地叙写景物，为下文抒情营造了一种感伤凄楚的氛围。次三句以"对"字领起，交代天气，"雌霓""雄风"一典使词境陡出，景色更加苍茫阔大。"渐觉"三句写所闻所感，表明初秋季节。"一叶惊秋"堪称一绝，既鲜明生动地描绘出夏末秋初树叶飘黄的景象，又曲尽其妙地写出词人的敏锐感觉。此景之中，自然要引起人的思归之情。"览景"三句承上而来，抚今追昔，任感情潮水般沛然而至。

下阕由景入情，抒发自己的缠绵之感。"向此"三句用语浅俗，蕴含深厚，把孤愁、思念、悔恨尽括其中。愈隐而不露，伤痛愈深。"凭高尽日凝伫"，仅有的慰藉是在羁旅之中整日地凝望、凝想。"消魂无语"形象地表达了词人的精神状态。"极目"以后，又融情入景，极写一派凄肃的晚景：雾霭蒙蒙，昏鸦零乱，暮色中江城萧索。词人在此境中凝伫，听凄厉哀怨的画角声，看夕阳西下。这个词景深刻折射出词人漂泊江湖的郁闷寂寞心情。

运用白描与铺叙，一波三折地揭示主题，表现出词人长调慢词的特点。二者相互生发，使作品表现的感情淋漓尽致，苍凉沉郁。

迷神引

柳　永

一叶扁舟轻帆卷，暂泊楚江南岸。孤城暮角[1]，引胡笳怨[2]。水茫茫，平沙雁，旋惊散[3]。烟敛寒林簇，画屏展，天际遥山小，黛眉浅[4]。　　旧赏轻抛，到此成游宦。觉客程劳，年光晚。异乡风物，忍萧索，当愁眼。帝城赊[5]，秦楼阻[6]，旅魂乱。芳草连空阔，残照满。佳人无消息，断云远。

【注释】

①暮角：黄昏时响起的画角声。

②胡笳：一种乐器，声调悲咽哀怨，传自胡地。

③旋：立刻。

④黛眉浅：此指远山的颜色如同青年女子的浅青色的眼眉一样。

⑤帝城：都城，此指汴京（今河南省开封市）。　赊：遥远。

⑥秦楼：此泛指歌楼。

【鉴赏】

本词是讲述晚年游宦之苦的名篇。由于身世的飘零和仕途的坎坷，柳永对于萧疏淡远的自然景物似有偏好。寓情于景，因景生情，情景交融，浑然一体的艺术特色，使他获得善于"状难状之景，达难达之情，而出之以自然"的盛誉。

上阕着力写景，为下阕抒情蓄势。起笔两句交代事情缘由，"暂泊"写出时间的短暂，暗寓旅途劳顿之苦。然后从不同角度描述江天暮色。所闻"暮角"声声，"胡笳"哀鸣，在游人听来，格外凄凉。循声望去，但见水天茫茫，只有大雁时飞时落，聚散不定，暗示词人心曲，倍觉沧桑。远处漠漠寒林，淡淡远山，描述一片迷蒙的烟景，真切如画，而这幅画呈现的色彩又是黯淡的，与全词基调相符。词人着重在荒凉境界的点染上，以景代情，写得异常沉郁、苍茫。为下阕直抒胸臆酿造了一种感伤凄楚的氛围。

下阕承上抒怀。"旧赏轻抛，到此成游宦"一句将自己长年行役之苦一语道出，一个"轻"字，写尽自己失去往昔生活的无限悔恨，"觉客程劳，年光晚"句，语极平淡，却蕴含词人暮年垂至、韶华不再的深沉感慨。"异乡"三句，再现旅途的苦闷无奈，以"萧索""愁眼"来表达词人凄寂的主体感受。"帝城"三句，抚昔伤今，意乱神迷，芳草萋萋，残阳斜照，佳人音信渺茫，江天暮色之中，词人空遗离愁满怀。"芳草"四句又由情入景，以景足情，把愁苦、思念之情抒发得深婉、细腻、淋漓尽致。

安公子

柳 永

远岸收残雨①，雨残②稍觉江天暮。拾翠③汀洲人寂静，立双双鸥鹭。望几点、渔灯隐映蒹葭④浦。停画桡⑤、两两舟人语。道去程今夜，遥指前村烟树。 游宦⑥成羁旅⑦，短樯⑧吟倚闲凝伫。万水千山迷远近，想乡关⑨何处？自别后、风亭月榭孤⑩欢聚。刚断肠、惹得离情苦。听杜宇⑪声声，劝人不如归去。

【注释】

①残雨：快要停歇的雨。

②雨残：雨后。

③拾翠：曹植《洛神赋》："尔乃众灵杂遝，命俦啸侣，或戏清流，或翔神渚，或采明珠，或拾翠羽。"翠羽，翠鸟的羽毛。后即以"拾翠"指妇女春日嬉游。

④蒹葭（jiān jiā）：芦苇。

⑤桡：本指船桨，亦可借指船。

⑥游宦：在外做官。

⑦羁旅：指在他乡奔波。羁，马笼头。旅，旅途。

⑧樯：本指桅杆，借指船。

⑨乡关：故乡。

⑩孤：辜负。

⑪杜宇：又名杜鹃，其叫声似催人"不如归去"。

【鉴赏】

本词是柳永宦游他乡，春暮怀归之作。

上阕头两句写江天过雨之景。雨快下完了，才觉得江天已晚，雨下的时间很久自然是知道。风雨孤舟，因雨不能行

538

走，旅人蛰居舟中，抑郁无聊便更可知。这就把时间、地点、人物的动作和心情都或明或暗地表示出来。次两句写即目所见。汀洲之上有水禽栖息，而以拾翠之人已经离去，虚拟作陪，显示江边的寂静。更以"双双"形容众多的鸥鹭，便觉景中有情。"拾翠"句景中有意，意中有人，有人的嬉戏；今唯余景，景又呈现人去之后特有的寂静。鸥鹭都成双成对，自己却在孤舟之中独处。这一对照，将词人深感冷清孤寂的内心活动表达出来了。"望几点"两句，写时间由傍晚转入夜间，渔灯已明。但由于是远望，又隔着芦苇丛，所以说是"隐映"。这是远处所见。"停画桡"两句，则写己身所在及近处所闻。"道去程"两句，则写词人与划船人的对白和动作。"前村烟树"本应为实景，冠以"遥指"，则是虚写。此两句把船家对行程的安排，船上人问答的神情、口吻以及隐约可见的前村都勾画出来了，用笔极其简练流畅，而又生动真切。

下阕头两句由今夜的去程而念及长年羁旅之苦。"短樯"句正面描述舟中人包括词人自己那种闲极无聊的生活情态。次两句从"凝伫"生出，因凝望已久，所见则"万水千山"，所思则"乡关何处"。"迷远近"虽指"目迷"，也是"心迷"。其意境与崔颢《黄鹤楼》诗"日暮乡关何处是，烟波江上使人愁"相同。

"自别后"两句，直接"乡关何处"，又再加以发挥。

"风亭"句追忆过去，慨叹现在。昔日是良辰美景，胜地欢游；今日则短樯独处，离怀邈远，而用一"孤"字将今昔分开，意谓亭榭风月依旧，但人却两处茫茫不能欢聚，辜负了"风月"。"刚断肠"以后四句紧接上文，道出：离情正苦，归期无定，而杜鹃声声，劝人归去，愈觉不堪。杜鹃本无知之物，而能劝归，则无情而似有情；人不能归，而杜鹃又不谅解，依旧催归，徒乱人意，则有情终似无情。用意层层深入，一句紧接一句，情深意婉而笔力健拔。

本篇中的春景绚丽而幽暗，景中寓情且手法高妙。

倾　杯

柳　永

鹜落霜洲①，雁横烟渚，分明画出秋色。暮雨乍歇②，小楫夜泊③，宿苇村山驿④。何人月下临风处，起一声羌笛。离愁万绪，闻岸草、切切蛩吟似织⑤。　　为忆芳容别后，水遥山远，何计凭鳞翼⑥。想绣阁深沉，争知憔悴损，天涯行客。楚峡云归，高阳人散，寂寞狂踪迹。望京国，空目断、远峰凝碧。

【注释】

①鹜（wù）：一种野鸭。

②乍歇：忽然停了。

③楫：本指船桨，这里指代船。

④宿：住宿。

⑤"切切"句：秋虫（如蟋蟀等）切切的叫声好像织布的声音一样。

⑥鳞翼：指长鳞的鱼和长翼的鸟。

【鉴赏】

这是一首迂回曲折的游子悲秋词。本词在表现手法上变化多端，有时用直笔，有时多曲折，有时两者兼用，或因调而异。

上阕首两句描述洲渚宿鸟，对仗工整。"落"字和"横"字形容鹜鸟飞下和雁字排列的状态，均属秋江暮色。第三句形容秋色如画，但显然是形容黄昏江上雨后的清冷景象，着重绘出"秋色"。前三句纯为写景，但江上行客的悲秋愁思已隐于言外。接着"暮雨"三句，以小船晚泊江边作为背景，引出行客。小船是行客所乘，"夜泊"指明停船的时间，"苇村山驿"点出投宿之处乃是一山野荒村的小驿店。因此，满面风霜、踽踽而行的羁旅人形象，于秋江暮色中呈现在我们眼前。"何人"两句，展开山村夜景。月明风紧，传来羌笛声声，吹出无限幽怨，大有李益诗"不知何处吹芦管，一夜征人尽望乡"的意境。这里用设问提起，借笛声"闻曲生怨"，以抒旅怀。"离愁万绪"是全词主题，揭示行客的内心活动。此句后接以岸边草丛中秋虫的悲鸣烘托离愁。切切虫声、悠悠笛音，触发了行客的无端愁绪。

下阕开头三句，触景而生情，抒发别后的回忆和思念，但语气婉转。"忆"字将怀想和思念之情和盘托出。"想绣阁深沉，争知憔悴损，天涯行客"，是为对方设想。那伊人深居闺房，怎能体会出行客漂流天涯，"为伊消得人憔悴"的苦处？"楚峡云归，高阳人散，寂寞狂踪迹"，转笔归到目前境遇，既暗指歌舞消歇，又说明往昔"暮宴朝欢"都已如烟消云散。如今行客孤身独坐，唯有对月自叹。这里写得柳暗花明，不冗不复；又意蕴深远，倾吐衷曲。

末尾以景结情。遥望京华，杳不可见，只见远峰突兀，像是凝结着万千愁绪。"目断"接以"凝碧"，递进式加强情景，在这幅秋景中注入了行客自身的感情色彩，更深地透露相思之意、怅惘之情。

本词对雨后秋景的描述十分出色，而清寂的山光水影中又寄托着诗人个人落拓江湖的身世之感，构成一幅秋日雨后行吟图。

醉垂鞭

张　先

双蝶绣罗裙，东池宴，初相见。

朱粉不深匀，闲花淡淡春^①。

细看诸处好，人人道，柳腰身^②。

昨日乱山昏^③，来时衣上云^④。

【注释】

①闲花：素雅的花朵，闲与艳相对而言。　春：喻美女，唐人称美女为春色。如元稹称越州妓刘采春为"鉴湖春色"。

②柳腰身：指女子婀娜、窈窕的身材。柳与美女之腰，连类相比，词中多有。唐人温庭筠《杨柳枝》有"宜春苑外最长条，闲袅东风伴舞腰"的句子，《南歌子》亦有"转盼如波眼，娉婷似柳腰"之句。

③乱山昏：昏暗的乱山。

④衣上云：指衣上的图案如云。

【鉴赏】

　　本词为酒筵中赠陪酒歌伎之作，题材虽属无聊，但作者却画出了一幅与众不同的动人的素描，使其虽无情韵之美，却有写人之妙。

　　上阕首句以描写歌伎罗裙起笔，表明作者此作将以描画人物的衣妆为主，为作品定下基调。"东池宴，初相见"补述相见之地（东池），相见之因（宴），并暗示了她的陪酒歌伎身份。"朱粉"两句写她"淡妆"的特殊魅力。在这里体现了"求异"的审美心理和审美情趣。酒色歌舞的行乐场合，陪伴女郎往往浓妆艳抹，偶遇淡妆者，反觉难得，这便是"闲花淡淡春"的妙处。这里，作者以一个确切的、具体的比喻，写出该女子的神采、风度。

　　下阕前三句承接上阕"初相见"的观感，以"细看"引出她更动人处。这里，词人采用倒装句。"人人道，柳腰身"，但在词人看来，岂止此，而是"诸处好"。结句"衣上云"为全词最有光彩的神来之笔。诗人写歌伎身上绫罗衣衫上图案之美，以"乱山昏"作比，"云"则既写衣更写人。因为衣上图案，作者将此女写得如梦如仙，亦真亦幻。同时，呼应开头"双蝶绣罗裙"的句子。

一丛花令

张　先

伤高怀远几时穷①？无物似情浓。离愁正引千丝乱②，更东陌③，飞絮蒙蒙。嘶骑渐遥④，征尘不断，何处认郎踪？

双鸳池沼水溶溶，南北小桡通⑤。梯横画阁黄昏后，又还是斜月帘栊⑥。沉恨细思，不如桃杏，犹解嫁东风⑦。

【注释】

①伤高：登高的感慨。怀远：对远方征人的思念。穷：穷尽，了结。

②千丝乱：丝指柳条。

③东陌：东边的道路，此指分别处。

④嘶骑：嘶叫的坐骑。

⑤桡：船桨，此借代船。

⑥栊：窗。

⑦解：懂得。

【鉴赏】

从《诗经》以来，诗词作品中大多表达征夫离人之恨者。而本首着重是"闺怨"这个古老话题的表达。

上阕写情中之景，下阕写景中之情。从离愁别恨的产生原因写起，以愁恨之多所产生的"不如桃杏嫁东风"的奇特想法作结，层层推进，条理清晰。这正是作者词作在结构上的共同特点。

上阕首句以"几时穷"反问句点出全词抒写别恨的主题基调。此句突兀有力，表现力极强，当受后主"春花秋月何时了"句的影响。接着以"无物似情浓"进一步表达张先对爱情力量的感慨。直如元好问《摸鱼儿》"问世间情是何物，直教生死相许"的情状。"离愁"三句写眼前景致。妙处在于本是柳丝飞絮引起"离愁"，但张先反客为主，却言"离愁正引千丝乱"，既使情绪形象具体，又强调了这种情感的巨大力量。"更东陌"二句在写景方面是自然的联系和开拓，由"柳丝"而"飞絮"，但在写情方面则更进一层，点出心乱如麻的心绪。旧时习俗，折柳送别，故柳与离别便有了渊源。柳永《雨霖铃》亦有"杨柳岸"句。但这里却跳过别时折柳的情景，而径写别后见柳生相思，有了新意。"嘶骑"三句，直写愁恨之源："嘶骑渐遥，征尘不断"，而"何处认郎踪"句更写出了当初离别的无奈和凄惨。这三句写别后登高目中所见与心中所想的情景，首句以情起（"几时穷"），末句以情结（"何处认"），感人至深。

下阕由回忆转到眼前景物，由情及景，强化情感。池水溶溶，小船南来北往，鸳鸯悠然嬉戏，惹人伤感，为末句"人不如物"的悲叹埋下伏笔。"梯横"句承接首句而来，白日"伤高怀远"，夜来"斜月帘栊"，孤寂冷清之状令人不寒而栗，更何况"又还是"，不只今夜如此，而是长此以往了，夜夜难熬！结尾三句是此词的"眼睛"，与唐人李益诗"嫁得瞿塘贾，朝朝误妾期。早知潮有信，嫁与弄潮儿"有暗合之处，实属"怨妇"情感的最好表达。

天仙子

张　先

时为嘉禾小倅①，以病眠，不赴府会

《水调》数声持酒听②，午醉醒来愁未醒。送春春去几时回？临晚镜③，伤流景④，往事后期空记省⑤。　　沙上并禽池上暝⑥，云破月来花弄影⑦。重重帘幕密遮灯，风不定，人初静，明日落红应满径⑧。

【注释】

①倅：副职。张先曾于仁宗庆历元年（1041）做嘉禾（今浙江嘉兴）判官，时年五十二岁。

②《水调》：曲调名，据《隋唐嘉话》载："炀帝凿汴河，自制水调歌。"

③临晚镜：晚上对镜自照。

④流景：流年，谓似水年华。系化用杜牧诗句"自悲临晓镜，谁与惜流年"。

⑤后期：日后的约会。 省：清楚、明白。

⑥并禽：双栖、成对的鸟儿，此指鸳鸯。

⑦花弄影：花在月光下摆弄它的身影。这是对花的拟人化的描写。据《古今诗话》载："有客谓子野曰：'人皆谓公张三中，即心中事、眼中泪、意中人也。'公曰：'何不目之为张三影？'客不晓，公曰：'云破月来花弄影；娇柔懒起，帘压卷花影；柳径无人，堕飞絮无影。此余平生所得意也。'"

⑧落红：落花。

【鉴赏】

时光易逝，青春难再。人生失意，偏逢月照花影，落红满径。借酒浇愁，愁何能消？酒醉易醒，愁何能醒？这首词深刻表达了作者无奈、感伤、失意的情感思绪。

这是作者最有名的一首词。这首词表达的是伤春、伤时之慨。但这首词与习见的抒发痴男怨女春愁的作品不一样，表现的是面对自己老而无为、韶华不再的哀叹。词作题目下有一小序"时为嘉禾小倅，以病眠，不赴府会"，足见张先的处境与心态。年轻时张先于官场并非不得志，颇有出息。但老年的他却晚景凄凉，故感时伤怀，作下此词。

上阕因事生情。"持酒听歌"本是颇为风雅的乐事。然而《水调》那优美的音乐并没有给诗人带来欢快，反倒增添了忧愁——"午醉醒来愁未醒"，不但点出了词人的心情，更写出了这种心情的沉重程度。但这愁并非"为赋新词强说愁"，其原因，在后面四句中以悲怆的情绪表现出来："送春春去几时回？临晚镜，伤流景，往事后期空记省。"这里，"春去几时回"的设问已经包含作者深沉的痛苦：春光不再。这"春"既是自然之"春"，也是作者生命之春。"临晚镜，伤流景"与杜牧诗句"自悲临晓镜，谁与惜流年"的诗意有相似之处。这是作者对自己垂暮之年无所作为又觉时不与我的沉痛感慨：回首往事，老大无成；设想未来，毫无希望。这里，"空记省"与"愁未醒"相呼应，表现出愁的原因与程度。

下阕触景伤情，融情于景。时间上，上阕由朝至暮，下阕由暮至夜。偏在自己苦闷哀愁时，傍晚却见自然中充满情意的美景："沙上并禽池上暝"，暮色朦胧中，鸳鸯双栖，更衬托出作者的孤独、凄清。"云破月来花弄影"句为作者自己和历代诗评词话家推崇和激赏。王国维在《人间词话》中赞曰："'红杏枝头春意闹'，着一'闹'字而境界全出；'云破月来花弄影'，着一'弄'字而境界全出矣。"此句妙在眼界开阔，动静结合，情态毕现。天上"云破月来"，地上"花弄影"，一个"破"字，一个"弄"字，既写出了动态，更写出了情态，有拟人化手法的功效，十分感人，云、月、花均有了生命感，被恰当地人格化了。结尾四句，由户外转入室内。夜深人静，诗人回到室内，"重重帘幕密遮灯"。"风不定"既补叙了"遮灯"的原因，更为末句的悲叹设下了伏笔："明日落红应满径！"既伤春，又哀己，意味悠长，令人感喟唏嘘不已。

青门引

张　先

乍暖还轻冷①，风雨晚来方定②。庭轩寂寞近清明③，残花中酒④，又是去年病。　　楼头画角风吹醒⑤，入夜重门静。那堪更被明月，隔墙送过秋千影。

【注释】

①乍：刚刚，才。还：又，忽然。
②方定：才停。
③庭轩：庭院和走廊。
④残花中酒：因感伤花谢春残而醉酒。中酒，喝醉酒。
⑤画角：古代军中乐器，以竹木制成，亦有用铜和皮革制成者，状如角，外画彩绘，声音高亢凄厉。

【鉴赏】

黄蓼园《蓼园词评》云："落寞情怀，写来幽隽无匹，不得志于时者，往往借闺情以写其幽思。"本词抒发的是暮春时节所产生的孤独寂寞的情怀。

上阕起句突兀，感觉细致贴切，切入角度恰当巧妙。"乍暖还轻冷"，既交代季节特征，又暗示作者的情绪与感慨。"风雨晚来方定"，既指某日特定的天气情况，又将前句表述的情形具体化。暮春时节，最让人伤感：凋花落红，"乍暖还寒时候，最难将息"。接下去，作者并未写惆怅心境产生的原因，而是进一步将季节和自己落魄的表现具体化和强化。近清明，是具体季节；因"寂寞"而"残花中

"酒"，而且"又是去年病"。忧愁何其深远：在凄风冷雨的清明时节，何止现在才孤单寂寞、愁绪难遣，而是多年如此。

在上阕渲染铺垫的基础上，下阕渐渐道出"怀人"这一伤春缘由。但作者的巧妙和高超之处在于并未点明所怀之人的任何具体情况，只以"隔墙送过秋千影"含蓄表述，给读者无限遐想和回味的空间。本想于醉中解脱，却被画角惊醒，凄风吹醒。结句"那堪"一词道出心中最痛之处：物是人非。秋千仍在，秋千影仍在，人却不知身在何处，影在何方。黄蓼园激赏曰："角声而曰'风吹醒'，'醒'字极尖刻。至末句那堪送影，真是描神之笔。"思而不见其面，睹物伤怀，难以言表。

纵观本词，作者结合触觉（暖、冷）、听觉（画角）与视觉（残花、明月、秋千影）表达感情，含蓄蕴藉。

浣溪沙

晏　殊

一曲新词酒一杯，去年天气旧亭台。夕阳西下几时回？

无可奈何花落去，似曾相识燕归来。小园香径^①独徘徊。

【注释】

①香径：铺满落花的小路。以上三句，作者曾写入一首题作《示张寺丞王校勘》的七言律诗中，只将"香"字改作"幽"字。

【鉴赏】

这首词蕴藉地表达了对时光流逝的怅惘和对春色衰败的惋叹。

上阕首句"一曲新词酒一杯"乃晏殊生活的真实写照。这位"富贵宰相"在这时慨叹：时光易逝不易留，"夕阳西下几时回"直如曹操"对酒当歌，人生几何"的感慨。同时，诗人惜时中暗寓怀人之情，"去年天气旧亭台"，物是人非之感跃然纸上。

下阕沿着上阕的情绪延伸，融情入景，在对春色飘零和时光流逝的伤感中，抒发孤独寂寞之情。"花落去"乃暮春常景，"无可奈何"则平添万般深沉厚重的情愫。这里"花落去"既是写实，又是对青春、爱情、友谊等动人事物的象征。下句"似曾相识燕归来"既谓时光过去一载，也意味深长地表达了旧燕归来、故人不在的惆怅。"似曾相识"与上句"无可奈何"有相似的表达效果。结句意蕴丰富，余味悠长，"独徘徊"的"独"字准确而传神地总结了全词的情调。

"无可奈何花落去，似曾相识燕归来"一向为词评家赞赏，其中尤以清人刘熙载在《艺概》中的评价最为中肯："词中句与字有似触著者，所谓极炼如不炼也。晏元献'无可奈何花落去'二句，触著之句也。"所谓浑然天成，不露斧凿之痕。

浣溪沙

晏 殊

　　一向年光有限身①，等闲离别易销魂②。酒筵歌席莫辞频③。　　满目山河空念远，落花风雨更伤春。不如怜取眼前人④。

【注释】

①一向：一晌、片刻，一瞬。年光：时光。
②等闲：平常。

③莫辞频：不要因为频繁而推辞。

④怜取：怜爱。

【鉴赏】

这是一首表达离情别绪的作品。

上阕直抒胸臆，慨叹人生苦短，光阴易逝，所以十分平常的离别也让人伤感。"销魂"在此可作痛心疾首解，与句首"等闲"配搭，相得益彰。既然人生这么短暂，离别又是这么痛苦，那么相聚时就应尽情开怀畅饮，"酒筵歌席莫辞频"，与太白诗句"将进酒，杯莫停"传达的情绪有相通之处。此三句各主其意，又层层相因，环环相扣。

下阕紧承前文之意，结构上也与上阕一脉相承。首句意谓思念远方之人，因相隔千山万水终是徒劳，"满目山河空念远"；更何况眼前又遇到这风雨落花的凄凉景色，自然心中不免生出无限伤悲。既然如此，与其为伤别伤春而痛苦烦恼，不如多给一些爱与眼前的美人。根据全词格调和内容，此处"眼前人"当为以歌舞伴人饮酒的艺伎。结句是诗人无可奈何的慨叹，不可视作其"及时行乐""自我麻醉"人生观的体现。

蝶恋花

晏　殊

　　槛菊愁烟兰泣露①，罗幕轻寒，燕子双飞去。明月不谙离恨苦②，斜光到晓穿朱户。　　昨夜西风凋碧树，独上高楼，望尽天涯路。欲寄彩笺兼尺素③，山长水阔知何处！

【注释】

　　①槛（jiàn）：栏杆。

　　②谙：了解、知道、熟悉。

　　③尺素：书信。古人将书信写在长一尺左右的绢帛上，故称尺素。

【鉴赏】

　　本首是作者颇负盛名的伤离怀远之词。写的是一位闺中人。

　　上阕主要写所见。起句写秋晓庭园中的景物。栏杆外的菊花笼罩着一层轻烟薄雾，看上去像在脉脉含愁；兰花上沾

556

有露珠，看上去又像在默默饮泣。兰和菊本就含有傲霜盛开的幽洁品质，象喻高雅。这里用"愁烟"与"泣露"将它们人格化，将主观感情移于客观事物，透露出闺中人的高雅和她的哀愁。"愁""泣"二字有刻画痕迹，但在借外物抒发心情、渲染气氛、塑造主人公形象方面自有其作用。次两句写深秋清晨，罗幕之间荡漾着一缕轻寒，燕子双双穿过帘幕飞走了。在充满哀愁，对季节特别敏感的闺中人眼中，燕子像是因为不耐罗幕之寒而离去的。这与其说是燕子的感觉，不如说是闺中人的感觉。闺中人不仅在生理上感到秋天的微寒，而且在心理上也荡漾着因孤凄清凉而引起的寒意。燕子"双飞"，更反衬出人的孤独。这两句只写客观景物，不但未着明显的感情色彩，而且两种物象之间似乎还不一定有什么联系，但细品起来，其味无穷，艺术表现非常委婉含蓄。

后两句从今晨回溯到昨夜，明点"离恨"，成为本首词的词眼，情感表现从隐微转为强烈。明月本是无知的自然景物，它不了解离恨之苦，而只顾将斜光照透朱户，直到天亮，十分自然。既如此，人们不应该去怨恨它，但闺中人却偏要去怨恨。这种似乎无理的怨恨，正有力地表现了闺中人在"离恨"的煎熬中对月彻夜无眠的情景和由外界事物所引起的感触，又一次让人感到其深婉含蕴。

下阕主要写所思。前三句承上阕"到晓"，折回写今晨登上高楼远望的情景。"独上"应上阕"离恨",反照"双飞",而"望尽天涯"正是从一夜无眠中生出,脉理细密。"西风凋碧树"不仅是望之所见,而且也包含有对昨夜通宵未寐时卧听西风飘落叶情景的回忆。碧树因一夜西风而尽凋,足见西风之劲厉肃杀。"凋"字精确地传达出这一自然景象给予闺中人的强烈感受。景既萧瑟,人又孤独,似乎应接着抒发闺中人忧伤低回之音。但作者却出人意料地展现出一片无限广远辽阔的境界:一人独上高楼,望断天涯路。这样写,不仅能表达闺中人有登高望远的苍茫百感,也隐示闺中人有长久不见所思的空虚惆怅。而这种所向空阔、毫无窒碍的境界却又能给闺中人一种精神上的满足,使其从狭小的帘幕庭院的忧伤愁闷转向广远境界的驰望骋怀。这种意境从"望尽"二字中可以充分体味出来。此三句尽管包含了望而不见的伤离情绪,但感情是悲壮的,没有纤柔颓靡的气息;语言也洗尽铅华,纯用白描;意境高远,气象宏大,成为名言警句。

末尾两句紧承前面。高楼驰望不见所思,因而想到音书寄远。彩笺是题诗的诗笺,尺素指书信。两句一纵一收,将闺中人欲寄思念之诗书音信这种强烈愿望,与所思之人远离故乡又不知宦游何处而音书无寄这种可悲现实对照起来描写,更加突出了"满目山河空念远"的悲慨,全词也就在这渺无着落的怅惘中结束。"山长水阔"与"望尽天涯"相

558

应，再一次展现了令人神远的境界，而"知何处"的慨叹则更增加了摇曳不尽的情致。

本首词上下阕之间，在境界、风格上是有不同之处的。上阕取景较狭，偏于婉柔；下阕境界开阔，近于悲壮。而上阕于深婉中见含蓄，下阕于阔远中有蕴涵。但是本篇仍贯串着意象虚涵概括这一总的特点，闺中人的音容面貌若隐若现，因而具有婉约词中少见的境界寥廓高远的特色。

清平乐

晏 殊

金风细细①，叶叶梧桐坠。绿酒初尝人易醉，一枕小窗浓睡。　　紫薇朱槿花残②，斜阳却照阑干。双燕欲归时节，银屏昨夜微寒。

【注释】

①金风：秋风。古人认为金木水火土五行中，西方主金，故言秋风曰金风。

②紫薇：花名，又称"百日红"，夏秋间开花，花呈红、紫或白色。　朱槿：即木槿，落叶灌木，花亦呈红、紫、白色。

【鉴赏】

此词是一首典型的写景抒情之作。伤春、悲秋是旧时抒情作品两大题材与主题，本词以细腻的描述抒发淡淡的忧愁，即所谓闲愁。

上阕虽以秋风落叶入笔，但未见悲愁，而是一种陶醉。作者以"细细"这一叠词充分表现了对秋风的美好感觉。所以第二句"叶叶梧桐坠"亦是轻轻的感慨，并无"无边落木萧萧下"的苍凉。"绿酒"二句以"初尝""易醉""浓睡"等词暗示了此景下人内心的最低情绪，但这种情绪只是淡淡的一层。与其说是忧愁，倒不如说是秋日里文人惯常的一点点触景伤怀。

下阕进一步描述秋季景色，表达作者的细腻感触。斜阳照残花的黄昏，双燕南归的季节，一丝凉意袭上银屏，也袭上心头。

本首词较为典型地体现了作者词"温润秀洁"（王灼《碧鸡漫志》）和"和婉而明丽"（冯煦《宋六十一家词选例言》）的艺术特色。

木兰花

晏 殊

　　燕鸿过后莺归去，细算浮生千万绪①。长于春梦几多时，散似秋云无觅处②。　　闻琴解佩神仙侣③，挽断罗衣留不住。劝君莫作独醒人④，烂醉花间应有数。

【注释】

　　①浮生：缥缈虚浮的人生。《庄子·刻意》有"其生若浮，其死若休"的句子。

　　②春梦：春天所做的短暂的美梦。　秋云：秋天的云，飘忽不定。语自白居易《花非花》诗句："来如春梦不多时，去似朝云无觅处。"

　　③闻琴解佩神仙侣：闻琴指卓文君与司马相如情事。据《史记·司马相如列传》载，文君新寡，司马相如以琴心挑之，文君夜奔相如。　解佩，指汉皋神女与郑交甫情事。据《列仙传》载，汉皋神女江妃解佩以赠郑交甫作为信物。

④独醒人：指清高正直，不同流合污的人。《楚辞·渔父》："屈原曰：'举世皆浊我独清，众人皆醉我独醒，是以见放。'"后指高洁之人。

【鉴赏】

本词是感慨人生的作品。春光易逝，良辰苦短，不如"烂醉花间"！全词的思想情绪落脚到愤激与不满。

上阕表达对自然事物和景象的感触与思考。"燕鸿"两句由自然界春光易逝的现象联想到人生亦如此，难以捉摸和把握。想起这些，真是千头万绪，感慨万千。"长于春梦"两句具体形容这种人生慨叹：这缥缈的"浮生"就如短暂的"春梦"，亦如易散的"秋云"，难以挽留，稍纵即逝。这里，作者一面感叹人生渺茫，一面却流露出对良辰美景的眷恋和神往。下阕以典故进一步将上阕的慨叹具体化。这里，无论"闻琴"的卓文君，还是"解佩"的汉皋神女，均被认为非爱情的化身，而有作者的政治寄托。"庆历新政"失败后，不但自己罢相，范仲淹、欧阳修、韩琦、富弼等一批知己也遭贬谪。也由于自己失宠，欲替贤臣良友们说话，已经变成奢望，在自身难保的情况下，当然是"挽断罗衣留不住"了。

本词感情十分强烈，表达却蕴藉含蓄，比兴手法（起句）、传说典故的恰当运用收到很好的表达效果。

木兰花

晏 殊

池塘水绿风微暖，记得玉真初见面①。重头歌韵响铮琮②，入破舞腰红乱旋③。 玉钩栏下香阶畔④，醉后不知斜日晚。当时共我赏花人，点检如今无一半⑤。

【注释】

①玉真：道教仙人，此代指美女。

②重头：词中上下阕完全相同曰重头。 响铮琮：玉器相碰发出的清脆悦耳的声音。

③入破：乐曲之繁声。唐宋大曲分为散序、中序、曲破三大部分。进入"破"这一部分曰"入破"。

④钩栏：随房势高下曲折的栏杆。

⑤点检：检查、清理。

【鉴赏】

这是一首伤春怀人之作。

上阕由景及事，回想往日与梦中美人相见相识相聚的美好幸福情景。第一句动情地描绘美丽温馨的春天景色："池塘水绿风微暖。"在如此良辰美景中，自然回忆起美好的往事来："记得玉真初见面。""重头"两句用细腻的笔触，对初次相见的"玉真"美妙的歌喉和绚烂的舞姿加以描绘。作者用美玉相碰发出的和谐悦耳的声音状写她的清脆歌声，用"红乱旋"来形容其舞姿的灵活轻盈和迷人，让人眼花缭乱。

下阕由对往事的回忆转入对故人的思念。钩栏香阶，美景依旧，醉后醒来已是斜阳西下。结尾二句，由对意中人的怀想，延展到对旧人老友的留恋。"无一半"使全词境界一下子得以拓展。由此联想，"醉后不知斜日晚"句既是对具体往事的叙述，也是对人生垂暮的感慨。

踏莎行

晏　殊

祖席离歌①，长亭别宴，香尘已隔犹回面②。居人匹马映林嘶，行人去棹依波转③。　　画阁魂消，高楼目断④，斜阳只送平波远。无穷无尽是离愁，天涯地角寻思遍⑤。

【注释】

①祖席：古代出行时祭祀路神叫祭"祖"。后称设宴饯别之所为"祖席"。

②香尘：地下落花甚多，尘土也有了香气，故称"香尘"。

③棹：划船的桨，这里代指船。此二句是说，"居人"与"行人"之间的思念之深，致使马嘶不行、船旋不前。

④目断：极目远眺，直到尽头。

⑤寻思：思索，想。

【鉴赏】

此词是一首送别的情词。晏殊词作中，有不少作品抒发和表达相爱男女的离愁别恨。此作的特别之处在于，它既不表达别后思念之苦，也不是陈述由离愁引发的人生感慨，而是写出饯别、相送、别后思念的痛苦情感和现实历程。

上阕从送别场景写到依依不舍的情景。"祖席"二句是点明在长亭唱着离别的歌声设宴告别。"香尘"句写宴后送别的情形。离别双方已越来越远，但还频频回首相望，依依不忍分离，所以"犹回面"。"居人"两句分别从两方面着笔，反复重叠咏叹不忍离开的难舍之情。从"行人"角度感受，"居人"不忍离去，马嘶映林，揪人心魄；从"居人"角度体验，"行人"去棹不行，在水里原地打转，因为对"居人"十分挂念。

下阕写分别后的相思。虽然双方不愿分别，但是分别最终变成了事实。画阁高楼既为过去相聚之所，又是别后伤心之地。人去楼空，只有独自登楼远眺，遥寄相思。"只送"道出心中失落：目光所及，夕阳西下，除了一江东流水，并无心上人的影子。结尾两句直抒胸臆，表明对心上人无穷无尽的思念。

此词的结构，唐圭璋在《唐宋词简释》中赞曰："通体自送别至别后，以次描摹，历历如画。"在语言风格和表现力方面，王世贞认为："'斜阳只送平波远'淡语之有致者也。"

踏莎行

晏　殊

小径红稀[①]，芳郊绿遍[②]，高台树色阴阴见[③]。春风不解禁杨花，濛濛乱扑行人面。　　翠叶藏莺，朱帘隔燕，炉香静逐游丝转④。一场愁梦酒醒时，斜阳却照深深院。

【注释】

①红稀：花儿稀少。

②绿遍：草多。

③阴阴见：暗暗显露，若隐若现。

④游丝转：烟气像游丝一样回旋。莺、燕暗喻"伊人"，即心上人。

【鉴赏】

这首词几乎全部写景。作者以细腻缠绵的语言，通过动静两幅暮春景色图画的描绘，抒发了对万物自然转瞬即逝的无限感慨，寄寓了作者隐隐的怨怼与愁绪。张惠言在《词选》中认为："此词亦有所兴。"黄蓼园在《蓼园词选》中亦认为："首三句言花稀叶盛，喻君子少小人多也。高台指帝阁。'春风'二句，言小人如杨花轻薄，易动摇君心也。'翠叶'二句，喻事多阻隔。'炉香'句，喻已心郁纡也。斜阳却照深深院，言不明之日，难照此渊也。"上阕描绘的春天画面，以行人踪迹为落脚点，由近及远，展现出一幅暮春立体图画。"小径"三句，写暮春时节郊外景象："小径红稀，芳郊绿遍"，这是地面景象；"高台"句则将视野移至高处，楼台树木已是枝叶繁茂、翠色逼人。"春风"两句将树上杨花与路上行人通过春风联系起来，情绪也透出幽怨。作者以拟人化手法责备春风不知约束轻薄杨花，反而吹送其放纵乱舞。下阕作者的视点从郊外转入庭院，更加细腻地描绘暮春庭院寂寥的幽静状态，更强烈地表达了孤独怨恨和愁苦。苍翠的树叶掩藏了黄莺，厚厚的朱帘隔开了归燕，只有幽室内香炉里的青烟袅袅升起，如轻柔的飞丝一般在四处游荡。这是一个令人压抑的寂然无声的环境。"藏""隔""静逐"三词准确传神地营造了这个令人窒息的环境氛围。"一场愁梦"句，直接陈述作者心中的感受，画龙点睛般道出了全词主旨。结句"斜阳却照深深院"又转入写景，但意味已被拓展，使作品在这里平添一种苍凉之感。

玉楼春

晏　殊

　　绿杨芳草长亭路①，年少抛人容易去②。楼头残梦五更钟，花底离愁三月雨③。　　无情不似多情苦，一寸还成千万缕。天涯地角有穷时，只有相思无尽处④。

【注释】

①长亭：古时建于路边的亭子，供远行之人休息避风雨烈日之所，亦为送别之处。此处指送别处。

②抛：离去，舍弃。

③五更钟、三月雨：皆怀人之时。

④"天涯"两句：应是对白居易《长恨歌》诗句"天长地久有尽时，此恨绵绵无绝期"诗意的化用。

【鉴赏】

这首词当为抒写男女爱人相思之苦的作品。缠绵悱恻，意趣幽远。

上阕从写离别之景起，到写怀人之情止。"绿杨""芳草""长亭"，莫不是典型的构成恋人送别场景的自然事物。作者站在闺中女子的角度，发出"年少抛人容易去"的幽怨。"抛人"是怨，"容易去"更是怨。在此情绪基调铺垫下，自然引出三、四句。"楼头"两句因情设景，以典型景物寄托情感。"五更钟"敲醒"残梦"，使人无奈在"楼头"惋叹；"三月雨"浇凉"花底离愁"，让人心意凄迷而凝重。因年少不知事而轻易抛人离去的那个人给女主人公带来的相思苦守、孤独酸楚，在这里被写得如此形象具体。

下阕以强烈的反差、鲜明的对比表现思念缠绵幽远。"无情"二句在强烈对比中进一步直白地表达怨恨之意，心绪更为不平，同时引出结尾二句所表达的痴等誓愿。"无情不似多情苦"，既与上阕意蕴一脉相承，又点出"多情自古伤离别"的主题。"一寸还成千万缕"既是苦的具体化，也是"多情"的写照，更为重要的是，自然过渡到结句忠贞痴心的表白："只有相思无尽处。"结尾二句颇有"地老天荒""海枯石烂"的感人力量。黄蓼园在《蓼园词选》中评价说："言近旨远，善言也。年少抛人，凡罗雀之门，枯鱼之泣，皆可作如是观。'楼头'二句，意致凄然，挈起多情苦来。末二句总见多情之苦耳。妙在意思忠厚，无怨怼口角。"极为恰切中肯。

木兰花

宋　祁

东城渐觉风光好，縠皱波纹迎客棹①。绿杨烟外晓寒轻，红杏枝头春意闹。　　浮生长恨欢娱少，肯爱千金轻一笑②？为君持酒劝斜阳，且向花间留晚照。

【注释】

①縠皱波纹：形容波纹细如皱纹。縠皱，有皱褶的纱。棹：船桨，此代指船。这是古诗文常见的用法。

②肯爱：岂肯吝惜，即不吝惜。 一笑：特指美人之笑。崔骃《七依》诗有"回顾百万，一笑千金"句，此化用其意。

【鉴赏】

此词通过对春光的生动传神的描写，表达了作者热爱生活、热爱春天的情感。

上阕为我们描绘了一幅生机勃勃、色彩鲜明的早春图画。"东城"句以叙述语气写春游时的总体感受："风光好"。"渐"字写出了春天的脚步轻轻到来的感觉。"縠皱波纹"以下三句具体描述了"风光好"的景色之美：春水盈盈，碧波荡漾；杨柳依依，楚楚动人；火红的杏花在枝头绽放，透出勃勃生机、浓浓春意。"红杏枝头春意闹"是千古传诵的名句，作者因为写了这首词，被当时人称为"红杏枝头春意闹尚书"。黄蓼园在《蓼园词选》中认为："春意闹三字，尤奇辟。"王国维在《人间词话》中说："'红杏枝头春意闹'，著一'闹'字，而境界全出。"

下阕为感叹春光有限、人生苦短，流露出珍惜爱与美

571

的感情来。"浮生"两句以一个反诘句表达珍惜欢乐时光和美人一笑的惜春之情。末尾"为君持酒"两句奇妙地将此情以奉劝斜阳"且向花间留晚照"来含蓄地表达,意味深长。

采桑子

欧阳修

群芳过后西湖好^①,狼藉残红^②,飞絮濛濛,垂柳阑干尽日风。　　笙歌散尽游人去,始觉春空,垂下帘栊,双燕归来细雨中。

【注释】

①西湖:此指颍州(今安徽阜阳市西北)西湖。
②残红:落花。

【鉴赏】

欧阳修早年曾知颍州。因政治原因晚年辞官隐居颍州(1071—1072)。美丽的西湖风光令他陶醉,于是情不自禁地一口气写了十首《采桑子》，歌咏颍州西湖春夏美景，每首均以"西湖好"起句，以示其激赏之情。此为其中第四首。作者一反前人及时人伤春情调，而以赞叹的语言表达西湖残春的美丽动人。

上阕首句挈领本篇，直言群芳凋谢之后，正是西湖美丽迷人的季节。"群芳过后"既点明暮春季节，又不同凡响地表明西湖之美的独特魅力所在；"西湖好"既是格式使然，更表明作者对西湖真挚深厚的热爱之情。起句既为此篇抒情定下基调，又显出作者不同流俗的情怀，达观、开阔、明朗的人格尽现。"狼藉残红"以下三句具体描述暮春西湖之美。虽然落花遍地，飞絮纷扬，但靠着栏干的垂柳在和煦春风里漫舞，显示出勃勃生机。至此，作者赞叹"群芳过后西湖好"的原因鲜明地表现出来了。这三句没有细致刻画，只是淡淡白描，但恰到好处地显示出作者不俗的审美情趣。

下阕由写实景转而虚写人情。"笙歌"二句既暗示西湖之美曾吸引众多游人驻足观赏和笙箫悠扬、歌声嘹亮等内容，又使读者感悟西湖恬静、安宁美的一面。结尾二句再次落笔于景，以动写静，写出作者进到室内静静欣赏细雨中双燕归来图景的好心情。

本词在一定程度上表现作者归隐后的超然、恬淡、自由的心情，暗含一种人生感悟和寄托。同时，词风的明朗也为宋词的多元化发展起到了开拓作用。

诉衷情

欧阳修

清晨帘幕卷轻霜，呵手试梅妆①。都缘自有离恨②，故画作远山长③。　　思往事，惜流芳④，易成伤⑤。拟歌先敛⑥，欲笑还颦⑦，最断人肠。

【注释】

①呵手：呵气暖手。　梅妆：梅花妆，古代年轻女子的一种面部化妆样式，起于南朝宋武帝刘裕之女寿阳公主。相传她于人日（农历正月初七）卧于含章殿檐下，有梅花正好落在她的额上，拂之不去竟达三日，宫女竞相效仿，名梅花妆，后渐成年轻女子化妆定式。

②缘自：因为，由于。

③故：有意地。　远山：古人常借远山表现离情，如欧阳修的词作《踏莎行》中有"平芜尽处是春山，行人更在春山外"；亦常用远山来形容女子的眉毛，葛洪《西京杂

记》有"文君姣好，眉色如望远山"的句子。

④流芳：如流水般逝去的青春。

⑤成伤：引起悲伤。

⑥敛：敛容。

⑦颦：皱眉。愁苦忧伤的样子。

【鉴赏】

本首词详细地表现了满腹酸辛的歌女不得不强颜欢笑的可悲处境和她感伤的内心。

上阕记述女主人公梳妆形象。起句点明初冬季节和清晨时间。"卷"字意味深长，既有动感，又引出女主人公的形象。"呵手"句生动、形象地描画了女主人公柔弱娇美的神态。"试"字准确地表现了一个爱美的女子对自己形象的在意。三、四句则做了一个特写，专门描写其眉，并用典故深入表达内心的忧伤。

下阕则重在对歌女神情心态的描述和挖掘。起首三句拟女主人公做内心独白，忆昔伤今，感伤悲叹。结尾两句则将视角转到善解人意的第三者，正面表现歌女强颜欢笑但难掩心中苦楚的情形。"拟歌"二句为白描，结句"最断人肠"为感慨般的抒情。

踏莎行

欧阳修

候馆梅残①，溪桥柳细，草薰风暖摇征辔②。离愁渐远渐无穷，迢迢不断如春水③。　　寸寸柔肠④，盈盈粉泪，楼高莫近危栏倚⑤。平芜尽处是春山⑥，行人更在春山外。

【注释】

①候馆：旅舍。迎候宾客之所，故称。据《周礼·地官·遗人》载："五十里有市，市有候馆。"郑玄注："候馆，楼可以观望者也。"

②"草薰"句：在风暖草香中骑马远行。江淹《别赋》有"闺中风暖，陌上草薰"的句子，此处化用其意。薰，香草，此引申为香气。征，远行。辔，驾驭马的嚼子和缰绳。

③迢迢：形容遥远，所谓千里迢迢。此有绵长之意。

④寸寸柔肠：意即伤心至极，如肝肠寸断。

⑤危栏：高处的栏杆。危，指高。

⑥平芜：平坦草地。

【鉴赏】

　　本词主要讲述离情,"梅残""柳细""草薰""风暖",
暗示着离别。征人之路,慢慢远去;闺中人的愁绪,愈益深
重,直教人揪心落泪,肝肠寸断。

　　上阕从远行人起笔,讲述他路途中遇到恼人的春色而引发
愁绪。旅舍周围的梅花已然凋谢零落,溪畔桥边的柳丝弱不禁
风,起首二句写远行旅途所见初春景象。在这草香风暖的美
好季节里,他却不得不离开故乡远行。一个"摇"字既写旅
途颠簸之苦,更写孤独跋涉心神不定的糟糕心情。"离愁"二
句直接表达心中离愁,随着离去的路途越来越远而愈益加重
加深,宛如春水绵绵不断、无穷无尽。此以春水喻愁,正如
李后主词句"问君能有几多愁,恰似一江春水向东流"。两个
"渐"字,承接紧凑而又对比鲜明,形象逼真,合乎情理。

　　下阕转向闺中人,在心上人离开之后登高望远,遥念离
人,泪眼迷茫,哀怨满怀。起首三句生动描述她登高远眺时
脸上的表情,心中的感受。"寸寸柔肠,盈盈粉泪",工整
的对偶,恰当的叠字,一个断肠美人儿的楚楚动人形象如在
目前。妙在"楼高莫近危栏倚"句,既似怨妇心中怨语,
亦如远行人遥遥传来的劝慰。结尾二句由近及远,由人及
景,意味深远,意境开阔,是情景俱佳的警句。哀而不伤,
俨然一幅隽永的写意画。卓人月在《古今词统》中赞曰:

"'芳草更在斜阳外''行人更在春山外'两句，不厌百回读。"李攀龙在《草堂诗余隽》中说："春水写愁，春山骋望，极切极婉。"王世贞在《艺苑卮言》中赞曰："'平芜尽处是春山，行人更在春山外。'又'郴江幸自绕郴山，为谁流下潇湘去。'本语之有情者也。"

生查子

欧阳修

去年元夜时①，花市灯如昼②。月上柳梢头，人约黄昏后。今年元夜时，月与灯依旧。不见去年人，泪湿春衫袖。

【注释】

①元夜：农历正月十五日夜，即元宵夜。自唐代开始于元夜张灯，民间有观灯的风俗，故又叫"灯节"。

②花市：卖花、赏花的集市。

【鉴赏】

这首词一说是朱淑真作。南宋初曾慥所编《乐府雅词》

将此词列为诗人词。况周颐《蕙风词话》也认为是欧词，考证其"误入朱淑真集"。本首小词描述了主人公在元夜观灯时引起的回忆和感想。通过今与昔、闹与静、悲与欢的多层次的强烈对比，一层深似一层地表现出主人公为物是人非、旧情难续而感伤的情怀。

上阕写主人公甜蜜的回忆。开头两句交代了与情人约会的时间和地点。去年元宵佳节，华灯齐明，夜市如昼。此观灯赏月的元宵不禁之夜，正是青年男女密会传情的大好机会。"月上柳梢头，人约黄昏后"两句进一步交代了约会的具体时刻。圆月与柳丝相映创造的幽境，为约会增添了绵绵情意，言有尽而意无穷。"人约黄昏后"的甜情蜜意也溢于言表，令人浮想联翩。

下阕写主人公凄凉的现实。前两句由"依旧"二字点明今年闹市佳节良宵的一切景物都与去年相同，这就为下文的"人非"做了铺垫。景物依旧，而去年的情人已不在身旁，空余只身孤影。抚今思昔，触景伤怀，此情此景，怎不教人感伤怅惘，终于不堪忍受而"泪湿春衫袖"了。

这首词构思巧妙。上、下阕文意并列，调式一样，基本重叠，颇类歌曲回旋咏叹之致，有增强表情达意之功。同时，这首《生查子》吸收了民歌明快、浅切、自然的风格，语言明白如话，内容情事几乎一目了然，情调却又清丽深婉，隽永含蓄，耐人回味。

玉楼春

欧阳修

别后不知君远近，触目凄凉多少闷！渐行渐远渐无书，水阔鱼沉何处问①？　夜深风竹敲秋韵②，万叶千声皆是恨。故欹单枕梦中寻③，梦又不成灯又烬④。

【注释】

①鱼沉：古有鱼雁传书的传说。鱼沉入水，指鱼不传书，没有音信。

②风竹敲秋韵：风吹竹林，构成秋声悲凉的韵味。

③故欹单枕：有意地斜靠枕头，意谓急于入睡成梦。欹（yī），通"倚"，倾斜。

④灯又烬：灯熄灭。烬（jìn），结灯花。

【鉴赏】

这首词表现了闺中人怀念远方人的情感。

上阕直抒胸臆。"别后"一句表现闺中人对远行人的体

贴与思念。"触目凄凉"既写自然环境,也写心境。"多少
闷"情感表达直接而强烈,显得有些粗疏和随意。第三句叙
事,征人越行越远,本该有书信报平安,但都是"渐无
书",所以发出"水阔鱼沉何处问"的疑问和感叹。

下阕以凄凉秋声比况闺中人心中感受,以引出幽恨。白
天满目凄凉,到深夜都是风打竹林发出的凄凉秋声,声声都
是离愁别恨。最后由秋景的渲染转向内心体验的描绘,"梦
中寻"与上阕"何处问"相呼应,结果是"梦又不成灯又
烬",无限迷惘。

作品从思念到怨恨,再从怨恨到思念,浑然天成,构思
精致。千愁万恨,由远及近,由外到内,由淡到浓,让人无
处躲藏,亦无法消受。

浪淘沙

欧阳修

把酒祝东风,且共从容①。垂杨紫陌洛城东②,总是当
时携手处,游遍芳丛。   聚散苦匆匆,此恨无穷。今年花
胜去年红,可惜明年花更好③,知与谁同?

【注释】

①从容：流连。

②紫陌：专指帝都洛阳郊野的道路。洛阳曾为东周、东汉的都城，用紫色土铺路，故云"紫陌"。李白《南都行》："高楼对紫陌，甲第连青山。"

③可惜：可叹。

【鉴赏】

俞陛云《宋词选释》曰："因惜花而怀友，前欢寂寂，后会悠悠，至情语以一气挥写，可谓深情如水，行气如虹矣。"本为一首赏春怀友之作。

上阕是深情的回忆。想当年，大家一起把酒临风，欢快流连。起首二句应源自司空图《酒泉子》"黄昏把酒祝东风，且从容"句。

下阕由回忆而生感慨。"聚散苦匆匆，此恨无穷"，既是具体情感体验的写照，也是一种普遍的人生慨叹。"今年花胜去年红"，但景胜人去，只有暗地里惋叹。结句"可惜"递进一步，"知与谁同"包含无尽的感伤迷茫，一个问句强化感情，引起共鸣。

凤箫吟

韩缜

　　锁离愁、连绵无际，来时陌上初薰①。绣帏人念远，暗垂珠露，泣送征轮。长行长在眼②，更重重、远水孤云。但望极楼高，尽日目断王孙③。　　销魂④。池塘别后⑤，曾行处、绿妒轻裙⑥。恁时携素手，乱花飞絮里，缓步香茵。朱颜空自改，向年年、芳意长新⑦。遍绿野、嬉游醉眼，莫负青春。

【注释】

　　①陌上初薰：化用江淹《别赋》"闺中风暖，陌上草薰"句，指春草繁茂。薰，香味。

　　②长行长在眼：行人越来越远，但居人一直看着行人身影。

　　③王孙：代指征人、行人。化用《楚辞·招隐士》"王孙游兮不归，春草生兮萋萋"句意。

　　④销魂：化用江淹《别赋》"黯然销魂者，唯别而已

583

矣"句意。

⑤池塘：化用谢灵运"池塘生春草"句意。

⑥绿妒轻裙：绿草也妒忌佳人之美貌。轻裙，指代佳人。

⑦向年年、芳意长新：化用刘希夷诗"年年岁岁花相似，岁岁年年人不同"句意。

【鉴赏】

本词运用了比兴手法，以春草写离人，描述离愁别绪。

上阕通过对离别过程的描写表明深深的离愁。"锁离愁"二句开门见山，以"连绵无际"直言离愁之重，接着以"陌上初薰"点出离别的季节及景象。"绣帏人"三句交代人物——闺中佳人，事件——念远。"暗垂珠露"句以典型的比兴手法抒写离别的凄哀，"垂珠露"既是写实，也是起兴，同时作比。送征人上征轮，佳人涕泪涟涟。芳草与佳人，珠露与清泪，比拟恰切、熨帖。"长行"三句，写在佳人的视野里，征人渐行渐远。"但望"二句接着写征人消失之后，留下来的人儿天天极目远眺心上人。用《楚辞》"王孙"典故，暗含"春草萋萋"意境。

下阕开头"销魂"句起得突兀，却承上启下。"池塘"以后至"缓步香茵"句，深情回顾与心上人在一起于"乱花飞絮香茵"里度过的幸福好时光。"轻裙""素手""缓步"，宛如仙女下凡；"乱花""飞絮""香茵"，便如世外桃源，人间仙境。人与自然中一切美好事物和谐相融。"朱颜"二句以强烈的对比和反差，既叹"物是人非"，亦叹"韶华难留"。末尾三句，写出珍惜青春、珍惜好时光的劝慰和感叹。

本词意境优美、空灵，天人合一，情物互见，境幽意远，令人回味。

桂枝香

王安石

登临送目①，正故国晚秋②，天气初肃③。千里澄江似练④，翠峰如簇⑤。征帆去棹残阳里⑥，背西风，酒旗斜矗⑦。彩舟云淡，星河鹭起⑧，画图难足⑨。　　念往昔、繁华竞逐，叹门外楼头⑩，悲恨相续。千古凭高对此⑪，谩嗟荣辱⑫。六朝旧事随流水，但寒烟、衰草凝绿。至今商女⑬，时时犹唱，《后庭》遗曲⑭。

【注释】

①送目：远望。

②故国：指金陵（今江苏南京市）。金陵曾为东吴、东晋、宋、齐、梁、陈六朝都城，故称。

③肃：肃爽，形容深秋天高气爽。

④澄江似练：长江水色澄澈，远远望去，像一匹伸展开的白绢。谢朓《晚登三山还望京邑》，有"余霞散成绮，澄江静如练"的诗句。

⑤簇：同"镞"，箭头。此形容远山林立。

⑥归帆去棹：指来来往往的船只。此帆、棹皆代指船。

⑦酒旗：酒肆门前所挂的标志，亦称酒帘。宋代酒店往往挂大帘于外，以青白布数幅为之。

⑧"星河"句：远远望去，白鹭洲上的白鹭纷纷起舞，仿佛在银河上飞翔。星河，银河，此指浩渺的长江。鹭，一种水鸟，南京市西南长江口有白鹭洲，洲上白鹭群生。

⑨难足：难以完全表达出来。

⑩门外楼头：指陈为隋灭。语出杜牧《台城曲》诗："门外韩擒虎，楼头张丽华。"

⑪千古凭高：站在高处，面对着如此壮丽的河山，缅怀着遥远的古代。

⑫谩嗟荣辱：空叹兴衰荣辱。

⑬商女：指卖唱的歌女。

⑭《后庭》遗曲：指陈叔宝所作《玉树后庭花》。

【鉴赏】

这首词为一首托古讽今之作。作品通过对金陵故都景色的描述和历史兴衰的慨叹，抒发作者的现实政治热情和鲜明的政治倾向。

上阕描述金陵古都在深秋季节肃爽壮丽的景色。"登临送目"三句，点明时间、季节、地点，并表现出奋发踔厉的精神。下阕怀古讽今。"念往昔"四句，追忆六朝盛衰往事，以"念"字总领。"繁华竞逐"乃"悲恨相续"之因，而"门外楼头"便是六朝盛衰因果更迭的典型例证。"千古凭高"四句紧承上句文意，写六朝以后凭吊遗迹，空叹前世盛衰，而不吸取教训。六朝兴亡旧事已随长江之水东流去，"但寒烟、衰草凝绿"。收尾二句化用杜牧诗句，意在警醒时政。

本词立意高远，结构谨严完整，不但是王安石词作代表，也是怀古讽今作品的代表。用字的精炼，用典的妥帖，怀古与讽今不露痕迹的结合，写景与抒情的转换、映衬，均堪称绝唱。《景定建康志》中引杨湜《古今词话》云："金陵怀古，诸公寄调于《桂枝香》者，三十余家，独王介甫为绝唱。东坡见之，叹曰：'此老乃野狐精也。'"

蝶恋花①

欧阳修

　　庭院深深深几许？杨柳堆烟，帘幕无重数②。玉勒雕鞍游冶处③，楼高不见章台路④。　　　雨横风狂三月暮，门掩黄昏，无计留春住。泪眼问花花不语，乱红⑤飞过秋千去。

【注释】

　　①蝶恋花：关于这首词的作者曾有不同意见。但宋人李清照、黄升等人一致认为是欧阳修作品，应可相信。

　　②帘幕无重数：帘幕重重数不清楚。

　　③玉勒雕鞍游冶处：游冶的地方放满了富豪贵族的车马。玉勒雕鞍，镶玉的马笼头，雕花的马鞍，指华贵的马车。游冶处，指歌楼妓院。首句"庭院"当指此等处所。

　　④楼高不见章台路：在高楼上也看不见丈夫寻欢作乐的游冶之所。章台路，汉代长安有章台街在章台下，为歌伎聚居之所。后常以章台代指妓女集中的游冶之所。

⑤乱红：零乱落花。

【鉴赏】

这首词重点突出了"闺怨"的主题。同时也通过对上层妇女苦闷的描述，表现了作者个人抱负得不到施展的感慨。张惠言在《词选》中认为："庭院深深，闺中既以邃远也；楼高不见，哲王又不悟也。章台游冶，小人之径。雨横风狂，政令暴急也。乱红飞去，斥逐者非一人而已。"黄蓼园在《蓼园词选》中说："首阕因杨柳烟多，若帘幕之重重者，庭院之深以此，即下句章台不见，亦以此。总以见柳絮之迷人，加之雨横风狂，即拟闭门，而春已去矣，不见乱红之尽飞乎？语意如此，通首诋斥，看来必有所指。"

上阕通过写景为"闺怨"做了铺垫、蓄势。起句叠用三个"深"字写尽怨妇所居庭院的幽深寂寥，独到奇妙而又贴切自然，曾受李清照赞赏，称"欧阳公作《蝶恋花》有'庭院深深深几许'之句，予酷爱之"。同时，起句以"深几许"设问，继以形象准确的描述作答，写出"深闺"的压抑和幽深的具体特征——"杨柳堆烟，帘幕无重数"。"无重数"与"深几许"隔句互答，相映成趣，表达效果奇佳。"玉勒"二句写对方（处于上层社会的丈夫）寻欢作乐的情景，与寂寞痛苦的怨妇的处境形成鲜明而强烈的对比，怨妇之"怨"在"楼高不见章台路"句昭然若揭。

下阕重在抒情言志。雨横风狂，青春易逝，如同囚徒般被困在深闺中的女主人公留春无计、以泪洗面，无限的悲哀、无限的苦痛溢于言表。"泪眼"二句是本词最为历代词评家和读者赞赏、推崇的名句。毛先舒在《古今词论引》中赞曰："词家意欲层深，语欲浑成。作词者大抵意层深者，语便刻画；语浑成者，意便肤浅，两难兼也。或欲举其似，偶拈永叔词云：'泪眼问花花不语，乱红飞过秋千去。'此可谓层深而浑成。何也？因花而有泪，此一层意也；因泪而问花，此一层意也；花竟不语，此一层意也；不但不语，且又乱落，飞过秋千，此一层意也。人愈伤心，花愈恼人，语愈浅而意愈入，又绝无刻画费力之迹，谓非层深而浑成耶？"孙麟趾在《词径》中亦赞赏有加："如'泪眼问花花不语，乱红飞过秋千去''江上柳如烟，雁飞残月天''西风残照，汉家陵阙'皆以浑厚见长者也。词至浑，功候十分矣。"对这两句中的"秋千"这一意象应留意，它是童年好时光的承载物与见证物，故"乱红飞过秋千去"在幽怨中平添一份迟暮的苍凉，令人扼腕。

千秋岁引

王安石

　　别馆寒砧①，孤城画角，一派秋声入寥廓。东归燕从海上去，南来雁向沙头落。楚台风②，庾楼月③，宛如昨。

　　无奈被些名利缚，无奈被他情担阁④，可惜风流总闲却。当初谩留华表语⑤，而今误我秦楼约。梦阑时，酒醒后，思量着。

【注释】

　　①寒砧：指捣衣石。旧有秋夜捣衣远寄征人的习俗，故称。

　　②楚台风：指肃爽秋风。宋玉《风赋》有这样的句子："楚襄王游于兰台之宫，宋玉，景差侍。有风飒然而至，王乃披襟而当之曰：'快哉此风！……'"

　　③庾楼月：指皎洁的明月。据《世说新语·容止》载，晋庾亮在武昌，与诸佐吏殷浩之徒乘夜月共上南楼，据胡床咏谑，因此南楼又名庾楼。

④担阁：即耽搁。

⑤华表语：指约定回归日期的话。《续搜神记》云："辽东城门有华表柱，忽有一白鹤集柱头。时有少年举弓欲射之，鹤乃飞，徘徊空中而言曰：'有鸟有鸟丁令威，去家千年今来归。城郭如故人民非，何不学仙冢垒垒。'"此处特指离家归来。

【鉴赏】

本词为写游宦之苦的作品，充分表达了作者官场失意后的情感。

上阕寓情于景。通过描述深秋景色寄托对旧日快乐时光的回忆与向往。寒砧声声，画角阵阵，在寒秋之夜响起，叩击着倦游旅客的心房。东归燕、南来雁，或从海上去，或向沙头落，各得其所。

这两句恰当运用比兴手法，引出抒情主人公对欢乐过去的深情，"思归"的意愿溢于言表："楚台风，庾楼月，宛如昨。"

下阕转入对自我宦海人生的感慨和反思。"无奈"三句语言质朴明了，直抒胸臆。连用两个"无奈"，以表深切的喟叹与痛悔。"当初"二句既是对痛悔的具体表述，更是对仕途人生的失望。

结尾三句节奏铿锵，言尽意不尽，余味幽远。

　　杨慎在《词品》中对此词亦有感慨："荆公此词，大有感慨，大有见道语，既勘破乃尔，何执拗新法，铲灭正人哉?"对王安石颇有微词。对此词艺术上的成就，前人颇多赞词。

　　沈际飞在《草堂诗余正集》中认为："媚出于老，流动出于整齐，其笔墨自不可议。"黄蓼园在《蓼园词选》中说这首词"意致清迥，悠然有出尘之致"。

清平乐

王安国

　　留春不住，费尽莺儿语。满地残红宫锦污[①]，昨夜南园风雨。　　小怜初上琵琶[②]，晓来思绕天涯。不肯画堂朱户[③]，春风自在杨花。

【注释】

　　①宫锦：宫中锦绣，此喻落花。

　　②小怜：原为北朝冯淑妃之名，此泛指歌女。李贺诗《冯小怜》有"湾头见小怜，请上琵琶弦"的句子。

③画堂朱户：有画之厅堂，朱红之门户，形容达官显贵的宅院。

【鉴赏】

这首词为一首伤春之作，但与习见伤春之作的最大区别是此词赋予残春以高洁品格，立意独到。对此，谭献在《谭评词辨》中赞曰："'满地'二句，倒装见笔力；末二句见其品格之高。"

上阕四句分别是两个倒装，确见笔力，构思奇巧不凡。同时"留春不住，费尽莺儿语"二句以拟人手法更见情意动人。

上阕状写残春之景，简洁独到。以"宫锦"比喻残红，暗含诗人的赞美之意，因此未见伤感。

下阕由落红写到歌女琵琶声，以"思绕天涯"写音乐声的美妙感人。

末尾二句写春风杨花的高洁自由——自在飞舞，不入豪门。

本词小令只写声、色，不言情，飘逸空灵。此作托物言志，残春之赞实乃夫子自道。

临江仙

晏几道

梦后楼台高锁，酒醒帘幕低垂^①。去年春恨却来时^②。落花人独立，微雨燕双飞^③。　　记得小蘋初见^④，两重心字罗衣^⑤。琵琶弦上说相思。当时明月在，曾照彩云归^⑥。

【注释】

①低垂：低低放下。

②春恨：此指春日伤别的愁思。　却来：再次涌上心头。

③"落花"二句：借用翁宏《春残》诗"落花人独立，微雨燕双飞"的句子。

④小蘋：当时一歌女的名字，深得作者欢心。作者在《小山词》的自序中曾提到，沈廉叔、陈君宠二友人家中有莲、鸿、蘋、云等歌女，三人常作词供她们在席间歌唱。其友或病或殁后，小蘋等人不知去向。

⑤两重心字罗衣：指罗衣上有以重叠的心字纹组成的

图案。

⑥彩云：比喻小蘋。

【鉴赏】

本首词写思念歌女小蘋的怅惘之情，也暗含世事、人生无常的慨叹。本篇用形象说话，含蓄蕴藉。词中"梦后"二句为一层，"去年"三句为一层，"记得"三句为一层，"当时"两句为一层，分别描述四幅动人图画，逐层表达作者思绪起伏变化。词中无一字言愁，"梦后""酒醒"互文见义，却把伤离怀人之愁写得荡气回肠。

上阕以春景烘托，写今日"梦后""酒醒"的相思。起首二句，描述人去楼空的凄凉环境氛围，烘托出"此中人"的孤独。"楼台高锁""帘幕低垂"既是当前写照，也暗示着当初楼台喧闹，帘幕高卷，狂歌醉舞的欢乐。"去年"三句写春恨的反复袭扰。落花、微雨、春景恼人；偏又"人独立""燕双飞"，更让人落魄。

下阕写思念的具体对象小蘋及与其"初见"时的幸福时光。作者并没写出小蘋的容颜秋波，也没描述其媚态娇姿，只写服饰与琵琶声两个细节，却已传神。"两重心字""弦上说相思"一色一艺，均为传情细节。在诗词中写明抒情对象，尤其如歌女身份者，实属不多见。结尾两句意谓当初曾经照着小蘋归去的明月仍在天上，而小蘋却不知所终。词尽而意无穷。

　　本词中"落花人独立，微雨燕双飞"为名句。谭献《谭评词辨》云："'落花'两句，名句千古，不能有二。"陈廷焯更在《白雨斋词话》中赞曰："小山词如'去年春恨却来时，落花人独立，微雨燕双飞'，又'当时明月在，曾照彩云归'，既闲婉，又沉着，那时更无敌手。"

蝶恋花

晏几道

　　醉别西楼醒不记，春梦秋云，聚散真容易①。斜月半窗还少睡，画屏闲展吴山翠②。　　衣上酒痕诗里字，点点行行，总是凄凉意。红烛自怜无好计，夜寒空替人垂泪③。

【注释】

　　①"春梦秋云"两句：与晏殊《木兰花》词句"长于春梦几多时，散似秋云无觅处"和白居易诗句"来如春梦不多时，去似秋云无觅处"均有相似之处，系人生聚散无常之叹。

②闲展：悠闲地展示。

③"红烛"两句：化用杜牧《赠别》"蜡烛有心还惜别，替人垂泪到天明"句意，写惜别之情。

【鉴赏】

这首词情意凄凉，表达聚散不定、孤寂失意的感叹。

上阕感叹聚散无常的人生境况。首句写明醉别的痛苦。"醒不记"见出"醉"的程度之深。因痛苦而深醉，故达到"醒不记"的超常状态。"春梦秋云"化用前人诗词，以比喻为下句直接的感叹做铺垫。"聚散真容易"显然是感叹"散"之易，用的是偏义。"斜月"两句回到现实。追今抚昔，心绪烦乱，自然夜不能眠。"画屏闲展"更惹人难受。情景相生，忧愁益深。上阕关于醉与醒、聚与散的感叹，既是具体的，更是普遍的，人生如梦，难以把握。

下阕进一步写离别后夜里的凄苦。"衣上酒痕"不但照应上阕开头之"醉别"，更状写抒情主人公心灰意懒时的落魄和痛苦。酒痕与诗句，除了凄凉意，别无他味。结尾二句，化用杜牧诗句，但表达效果更好。"自怜无好计"使"垂泪"这一拟人化表述更加有生命感和情意。

鹧鸪天

晏几道

　　彩袖殷勤捧玉钟①，当年拼却醉颜红②。舞低杨柳楼心月，歌尽桃花扇影风③。　　从别后，忆相逢，几回魂梦与君同④。今宵剩把银钉照⑤，犹恐相逢是梦中。

【注释】

　　①彩袖：代指女子。捧玉钟：此指劝酒。玉钟，酒杯的美称。

　　②拼却：不顾惜、甘愿。

　　③桃花扇：绘有桃花的扇子，歌女的道具，歌唱时掩口轻挥。张先《师师令》有"不须回扇障清歌，唇一点，小于朱蕊"的句子。

　　④同：欢聚在一起。

　　⑤剩把：尽把。钉：灯。

【鉴赏】

这首词写作者与他怀念很久的歌女重逢的喜悦。词中将对过去（"当年"）的追忆、别后的相思和重逢（"今宵"）的欣喜层次分明地表现出来。

上阕回忆"当年"的幸福。当年同女伴欢饮，不惜一醉。女友"殷勤"劝酒、陪酒，所以甘愿喝醉。"舞低"两句写当年同女伴歌舞狂欢通宵达旦。当年两人情深意切，共度美好时光，不由得不深情回忆。

下阕开头紧承上阕相聚的幸福之感，写离别后回忆、思念。一次又一次在梦中相遇，并深信对方心灵与自己相通，表明双方感情的真挚深厚："几回魂梦与君同。""今宵"二句笔锋一转，写今宵相聚。一直不断的深深思念，致使相逢竟然不敢相信，"剩把银釭照"，反复印证这不是梦中，是真实的，但仍然半信半疑。这是喜从天降后的常有情形。

梦中盼相逢，相逢恐梦中，对比巧妙，情真意切，感人至深。

这首词构思非常精巧，相会——回忆——重逢，狂欢——相思——惊喜，层次分明，虚实相间，浓淡相宜，节奏感强，是难得的精品。

胡仔在《苕溪渔隐丛话》中赞曰："词情婉丽。"陈廷

唐诗宋词元曲精编

焯尤欣赏下阕："下半阕曲折深婉。"

清平乐

晏几道

留人不住，醉解兰舟去[①]。一棹碧涛春水路[②]，过尽晓莺啼处。　　渡头杨柳青青，枝枝叶叶离情。此后锦书休寄[③]，画楼云雨无凭[④]。

【注释】

①兰舟：画舫的美称。据《述异记》载，相传鲁班曾刻木兰舟。后用作画舫的美称。柳永《雨霖铃》有"留恋处，兰舟催发"的句子。

②棹：代指船。

③锦书：此指恋人间的书信。

④画楼：此指歌伎住所。云雨无凭：指来去无踪迹，喻指青楼女子漂泊不定。

601

【鉴赏】

　　本词写送别，借送别来写痴人痴情。柳永《雨霖铃》有"多情自古伤离别"之句，与此情同。"留人不住"，设宴相送，临江遥望，渡头退想，送别之情随情节的发展层层加深。

　　上阕起句不凡，"留人不住"，言简意浓，几多无奈，几多幽怨。他（她）去意已定，留而无用，只好以酒饯行。

　　食而无味，沾酒就醉，"醉解兰舟去"。举目望去，眼见一叶扁舟在碧涛春水中渐行渐远，转眼"过尽晓莺啼处"。

　　无情离人转瞬即逝，令留者心中一片迷茫虚空。"尽"字意蕴颇丰。

　　去者自去，留者孤单单地呆立渡头，那陪着自己的青青杨柳，好像"枝枝叶叶"写满离情。依依不舍的缠绵情意，只有杨柳知道。此二句韵味奇绝，当为本词佳句。融情入柳，已是愁肠百结；念及"此后"，更添怅惘与凄凉。

　　"锦书休寄"只因"画楼云雨无凭"，心中怨恨与绝望、深情与痛苦，以此怨语形式表述，令人不忍揣想。

　　周济《宋四家词选》评曰："结语殊怨，然不忍割弃。"既怨对方薄幸，更怨命运弄人。